LA CRÉATION

3,971 — Abbeville, imp. R. Housse, rue Saint-Gilles, 108.

LA SCIENCE POUR TOUS

LA CRÉATION

Ouvrage dans lequel sont résolus les problèmes cherchés depuis
Moïse, Salomon, Aristote, etc.

Par LOVE PLAINE

AUTEUR

DES NOUVELLES DÉCOUVERTES EN ÉLECTRICITÉ ET EN PHRÉNOLOGIE

avec démonstrateur

Approuvées par l'Académie des Sciences de Paris

PARIS

CHEZ DENTU, LIBRAIRE

AU PALAIS-ROYAL

ET CHEZ TOUS LES LIBRAIRES DE FRANCE ET DE L'ÉTRANGER

—

1860
1859

AVANT-PROPOS

Je crois devoir avertir les lecteurs qui daigneront lire ce livre de n'y point voir un novateur, mais un narrateur. Les faits racontés sont le résultat d'études auxquelles des circonstances toutes particulières sont venues en aide; or, les explications nouvelles émanent de celui qui a jugé nécessaire qu'elles fussent révélées aux hommes. Pour moi, je m'incline devant cette puissante volonté, et j'écris... Ce qu'il en résultera de bon et d'utile pour l'avenir de l'humanité, je l'ignore.

Un prince avait fait bâtir un superbe palais et avait invité des artistes et des savants à le visiter. Ils acceptèrent son invitation, et tout en parcourant les salons, ils en exaltaient la magnificence; mais arrivés devant le prince, ils se plaignirent que plusieurs appartements étaient restés fermés, et paraissaient très-vexés de cette réserve. C'est vrai, répondit le prince, moi seul en ai les clefs et ne les confie qu'à de rares intervalles; de quoi vous plaignez-vous? ce que vous avez vu ne mérite-t-il pas la peine que vous avez prise? vous paraissiez si satisfaits ?

Quand il plaît au Tout-Puissant d'ouvrir la porte de ses merveilles, celui qui obtient cette faveur sublime, l'a payée de bien des peines, elle n'est pas réservée aux heureux de la terre.

INTRODUCTION

Le but de cet ouvrage est de prouver, par les faits, que Dieu a tout créé pour le bonheur de l'homme, et que si celui-ci est aussi ingrat, peut-être est-ce dû à son ignorance. On se croit savant parce qu'on a la tête remplie d'une science quelconque; mais non celui qui, dans chaque parcelle de cette terre, cherche à découvrir la science, l'intention et le but de celui qui l'a créée, qui comprend l'unité partout, qui se subdivise à l'infini; ces rapports entre tout, pour qu'il n'y ai rien d'isolé; la graduation de force, de beauté, d'intelligence qui fait monter toutes choses de la terre à Dieu. Cette puissance invisible, l'électricité qui, comme le dit la Genèse, est « le souffle de Dieu, qui règne sur les vapeurs et sur les eaux, » qui relie le ciel à la terre, et la terre au soleil; cette puissance de la lune sur la végétation; l'univers, ce grand modèle répété en petit dans un œuf, ce petit univers de chaque espèce; premier domaine de l'homme, de l'animal, du poisson, de la plante. Graines tombées de la main céleste pour ne plus périr, chacune pour la conservation de son espèce, est pourvue de ce qui lui est nécessaire. Le temps dévolu à chaque être selon sa grandeur, l'utilité, l'ordre et l'économie qui règnent partout. Admirer l'arrangement de toutes ces choses, n'est-ce pas élever son cœur vers Dieu, n'est-ce pas une belle prière? puisse-t-elle faire naître la reconnaissance et le désir d'étudier plus profondément les belles créations que je ne puis qu'indiquer et désigner du doigt. Quel roman est aussi attachant et laisse d'aussi agréables souvenirs que l'étude de la nature, que cet amour universel, chaste et pur, qui fait que l'on s'écrie avec le divin Maître : « Tout purifie l'homme, c'est lui qui corrompt ce qu'il touche. »

Théâtre solennel dont les acteurs ne vieillissent que pour aider aux nouvelles productions, et quoique toujours les mêmes, n'en sont pas moins vigoureuses et jeunes, et specimen d'avenir.

PREMIER CHANT

PREMIÈRE PHASE

A MOISE

Moïse à vous salut ! Des travaux du Seigneur
Vous fûtes par sa grâce, instruit, et narrateur
De ce livre sacré qu'on appelle Genèse.
La Genèse est le fond, qui forme la synthèse
De la religion des peuples anciens.
Qu'ils soient Brâmes ou Juifs, de l'Inde ou Chaldéens,
Tous, de ce grand récit, ont gardé la mémoire,
Et tous ont vénéré cette première histoire,
De ces temps anciens, qui touchent au cahos.
Où tout dans l'univers était à peine éclos.
Ce récit fut succinct ; il semble provisoire,
Pour ne point fatiguer des hommes la mémoire,
Et qu'il put arriver aux générations
Tel qu'il leur fut donné, sans variations.

Mais l'incrédulité qui vit de transitoire
Ne voulait, en raillant, que se couvrir de gloire.

Les faits dénaturés et toujours incompris,
Suffisent à l'orgueil et brodent leurs récits.
Dieu permit qu'en un jour, surgissent les lumières.
L'homme, des profondeurs écartant les barrières,
Votre livre à la main trouve la vérité.
Moïse, fallait-il du temps l'autorité
A ce peuple de Juifs? Par eux ce livre auguste
A nous est arrivé. Si mon esprit ajuste
En de bien faibles vers, votre sacré récit,
Accueillez-en l'idée¹, et donnez-lui le prix.

¹ Dieu savait que les hommes, poussés par la curiosité, chercheraient à découvrir des preuves de ces temps primitifs dont parle Moïse; mais il a voulu que le temps vint lui-même donner des preuves irrécusables de ce qui s'était passé, en permettant la conservation au sein de la terre d'êtres et de débris, qui sont là comme preuves et comme témoins, et protestent contre toutes les inventions du doute et de la crédulité.

LA CRÉATION

Le globe fut d'abord quelque chose d'informe.
D'informe!... Qu'ai-je dit? Dans cette immense forme
Existait l'univers. Ce qui devait servir
A tout organiser, la meubler, la couvrir.
Mais quand de l'arbre il tombe un fruit, soit une orange,
Elle roule d'abord, et souvent dans la fange.
Sitôt qu'elle a trouvé son repos, son appui
Elle s'arrête. Et là, le temps qui tout produit,
Du travail à venir, va commencer l'ouvrage.
Son intérieur s'échauffe, et le gaz se dégage,
Par ses pores huileux elle aspire l'éther,
Et le pépin se gonfle, et par ce nouvel air
La germination a dès cet instant même
D'un changement d'état résolu le problème.
La chaleur s'est perçue, et l'électricité;
Puis germe l'embrion, grâce à l'humidité,
Qui bientôt déchirant l'étui qui l'enveloppe
Plus rien ne l'opposant sa tige développe.

Et pour mieux s'expliquer cet effet merveilleux,
Saisissez cet exemple, et plus rien n'est douteux.

Quand la grenade éclate et fait voir la clôture
Qui sépare la graine avant qu'elle soit mûre;
L'écorce déchirée a laissé dans son sein
Chaque case en entier. L'épiderme qui tient
Ses grains agglomérés est la grandiose image
De la construction du globe; et l'assemblage
De cellules, d'eau, d'air, suffisant aux besoins
De cette république, est semblable en tous points
A la construction de planète, ou d'un homme.
C'est toujours l'enveloppe et son arête; en somme
Dans un, était le tout, dans la puissante main
Qui créa l'univers et fit le genre humain.
Il n'est rien d'isolé. Suivons, voici la preuve,
Et l'explication peut vous paraître neuve.

Il fut ainsi du globe, au temps nommé chaos,
Jusqu'au jour où devait cesser ce long repos.
Ainsi se préparait à devant Dieu paraître
Cette graine *semée, et par la main* du maître
Naît l'électricité de la sombre vapeur,
Du cahos. A sa vue, ils reculent d'horreur!
Le mouvement était... Et des masses profondes
Du sein de la matière, a fait jaillir les ondes,
Qui cherchent un appui. Mais l'électricité [1]
S'alliant à Thaler [2], a pour l'éternité

[1] Souffle, esprit de Dieu.
[2] Ange des lieux souterrains, préposé aux métaux. Le feu.

Creusé le sein des mers et les vapeurs fécondes
Par pluie en retombant formeront d'autres ondes [1],
De l'onde claire et douce et que la plante attend
Pour se désaltérer. Elle frémit, la sent,
L'aspire à soi, la hume, et s'est régénérée
Par ses pores reçoit l'eau vers elle attirée,
S'étendant à plaisir, ses gigantesques mains,
De verdure couverte, atteindront les terrains.
Ses bouches expirant tout le sel délétère
Renfermé sous le sol. La terre encore pubère
Voit des êtres sans nom surgir se dévorant [2];
De leurs débris impurs, Cybèle respirant
Les miasmes épais, l'odeur empoisonnée,
Souffre et demande aux vents s'ils l'ont abandonnée.

---

[1] L'eau salée est sortie du sein de la terre; il existe toujours des carrières de sel, l'eau douce en est l'évaporation. La végétation n'est venue que plus tard. Le sel est un principe.

[2] Les animaux les plus enfoncés dans le globe sont sans vertèbres.

LE SERPENT

L'air ne peut s'épurer qu'en se développant.
Cet air fait pulluler le venimeux serpent [1],
Créature commune à ce temps fraticide,
Il promène un long corps, de proie encore avide,
Lentement accomplit toute digestion,
Qui retarde d'un pas toute destruction.

La fougère, arbre amer qui servait de pâture,
N'offre plus de ressource, et pour leur nourriture
Ils ont tout dévoré. Se dévorant entr'eux
La terre s'en purgeait. De ces monstres hideux
La fureur et la faim aiguillonnant la rage,
Laissent bientôt la peste achever leur ouvrage.
Et des siècles sans nombre échelonnant leurs cours,
Ne comptent qu'une nuit qui n'a pas eu de jours.

---

[1] Le venin que contient le serpent est un reste, et une preuve de
l'impureté des premiers êtres.

UTILITÉ DES PREMIÈRES CRÉATIONS

Race impure! de toi, la terre délivrée,
Sent ses forces renaître, elle s'est saturée
D'essence créatrice. Electricité cours!
Et par le mouvement rétablissant le cours
De la corruption, de ces mânes fumantes
D'autres vies écloront; et ces morts apparentes,
Ne sont que le passage à la continuité,
Le levain du moment même à l'éternité.
Races pour l'avenir, précoce cimetière,
Utiles détritus qui formeront la terre.
De leurs débris impurs, l'Eurithmie arrivant,
On ne pensera guère aux temps d'auparavant.
Et de cette poussière infecte, vagabonde,
Des êtres plus parfaits repeupleront le monde,
Dont la force, la forme, et la variété,
De la grandeur de Dieu prouvent la vérité.

L'ARBRE

Pendant ce long repos, l'ordre s'est rétabli,
Des miasmes dangereux le fiel s'est affaibli,
Les vents sont adoucis, et le froid moins intense,
De la terre et du ciel, la vapeur se condense.
Et du globe les sels au travail souterrain,
Fondus et dépurés, formeront le levain [1].
Du règne végétal, c'est le préliminaire
Du développement, son agent nécessaire.
La graine inerte alors, s'émeut, pousse et grandit,
Sa tige a dépassé la terre qui verdit.
La terre fut d'abord couverte de fougère [2].
L'arbre au tronc vigoureux, au règne centenaire,

---

[1] La première végétation est partout une sorte de lichen, substance qui tient le milieu entre la pierre et la plante.

[2] La fougère retrouvée dans le charbon de terre.

Qui couvre de son ombre un sol anfractueux
Et lève vers le ciel son front majestueux,
Sait dans les profondeurs enfoncer ses spongioles
En aspirent les sels, qui coulent en rigoles ;
En sève transformés, rendent l'arbre fécond,
Produisent des rameaux, des branches puis un tronc,
Et d'un feuillage épais, s'étale la verdure.
Ce roi de la forêt, ce fils de la nature
Commençait à règner, étendant ses rameaux,
Il étouffe, il détruit les jeunes arbrisseaux ;
De son ombre couvrant les plantes herbacées,
Se nourrit de leur suc, ou les tient embrassées.

Chaque feuille a sa forme en dessins différents,
Est ou ronde ou pointue aux angles adhérents.
Une autre est découpée et ses dents sont égales,
Dans une autre au contraire elles sont inégales.
Les unes de l'hiver bravent les mauvais temps
Et leur sombre feuillage est le jouet des vents.
Du Midi les chaleurs ont aussi leur feuillée
Qui pare le printemps et la nuit de veillée,
Mais la pluralité vient, tombe et meurt dans l'an,
Et sa verte jonchée a posé son bilan.
Cet arbre qui fleurit, qui promet et qui donne
Les doux fruits qu'au soleil a vu mûrir l'automne
N'était pas encore né ; les sels âcres, trop forts,
Produisaient un fruit dur et par de longs efforts [1].

---

[1] Les vapeurs qui s'élevaient de la terre étaient trop épaisses pour laisser pénétrer les rayons du soleil, elles sont devenues plus légères par le travail incessant du tout.

Le sol bouleversé de la terre durcie,
Ne sentait pas du ciel la chaleur adoucie[1].
Et l'électricité dans les lieux souterrains,
Des mines en travail occupait ses desseins.
Elle se mêlait peu des choses de la terre,
De ses ombres le doute a couvert ce mystère;
Le doute a de tout temps engendré mille erreurs,
Du fanatisme aveugle a produit les fureurs.

[1] Les premiers rayons du soleil ont dû tout brûler jusqu'à ce que l'équilibre se fut établi par les vapeurs.

LA MER

Le sein des mers se peuple et paraît la baleine,
Et les monstres des eaux, la nomment pour leur reine.
Sa couronne fragile est du même élément
Qui servira de lange, où l'enfant mollement
Est bercé par les eaux pendant à sa mamelle.
Doux fruit de son hymen, jouissance éternelle,
Et plus heureuse qu'Eve, il n'est pas fils ingrat,
Des fautes d'ici-bas son cœur ne gémira !
Reine des mers en paix, jouis de ton royaume,
Dévore tes sujets, le thon, le platostome.
Ils sont nés pour cela. Le grand dévastateur
De tes crimes un jour en sera le vengeur.
Dans les limbes du ciel, attend l'instant prospère
Que le Seigneur prépare à son règne sur terre.

DEUXIÈME PHASE

TREMBLEMENT DE TERRE ET REPOS

Un ange du Seigneur autrefois raconta
Que l'électricité dans le temps disputa
Avec Thaler. Hélas! il n'est pas de ménage
Qui n'ait ses mauvais jours. Il eut été plus sage
De suppporter le mal, que d'en faire un plus grand,
Ceci peut arriver, ce sera de tous temps.
L'électricité fut toujours vive, empressée;
Thaler est dur, violent. La terre était gercée,
Un rien. Ce rien irrite à l'instant sa fureur,
Et par toute la terre en proie à la terreur,
Un tremblement soudain fait que le globe éclate,
De l'eau, de l'air, du feu, l'élément se dilate.
La montagne s'entr'ouvre [1], et la lave en torrent
Monte de la fournaise et roule à l'Océan.

---

[1] Je pense comme M. Adhémar, les montagnes ne poussent pas, il y a eu
de grandes catastrophes par les irruptions volcaniques, mais partielles.

L'Océan de son lit, en un abîme entraîne,
Plantes, rochers, falaise, en inonde la plaine,
Et quitte son berceau, laissant à découvert
Aux fureurs du simoun, des sables, un désert.

Le calme arrive enfin après ce cataclysme,
La terre, sans écho, conserve son mutisme,
Rien ne chante, ne sonne, il n'est bruit à l'entour,
L'ouragan la traverse et ne fait nul détour.
Tout l'air est surchargé par l'acide acétique,
Ce poison délétère est poison scorbutique.
La nature n'est plus, c'est un vaste cercueil,
La neige est sur la terre, et la couvre de deuil.
L'obscurité, la nuit aux épaisses ténèbres
L'enveloppent partout de leurs voiles funèbres.
Les efforts seuls du temps ramènent le réveil.
La Nature s'anime et tout sort du sommeil.

TROISIÈME PHASE

ÉCLOSION DES NOUVELLES ESPÈCES

Les siècles ont passé comme s'écoule une heure.
Qu'est ce temps pour un Dieu! Mais la terre en demeure
D'élucubration, voit le temps terminer.
L'air murmure un doux bruit et semble bourdonner;
L'heure d'éclosion, dont le travail éclate;
De chaque petit être, un poumon se dilate,
Et l'électricité contenue en eux, air,
Eau, feu, fer, éléments, se transforment en chair;
Le trou se fait. Paraît du petit une tête,
A passer vivement une patte s'apprête,
L'autre patte s'avance, et bientôt le petit
Délaisse la coquille où Dieu l'avait blotti,
Promène autour de lui son regard, il mesure
L'espace environnant, cherche sa nourriture;
Il sait agir, marcher, il va vers le morceau
Qui doit lui convenir. Le canard court à l'eau,
Le corbeau sous le vent flaire la chair immonde.

En deux parts l'appétit a séparé le monde,
Et de chaque morceau prend la dimension.
La force à l'appétit doit sa proportion;
L'aigle emporte en son nid une brebis bêlante,
Le lion en dévorant de la chair palpitante,
Satisfait du plaisir qu'il prend à déployer
Sa force, sa valeur, pour lui c'est festoyer.
Il a, selon ses goûts et son intelligence,
Réfléchi sur sa chasse et sur son exigence.
Voyez l'oiseau pêcheur, comme le pélican
Qui reste là, debout, l'œil au bord de l'étang,
Pour saisir le goujon ou l'ablette au passage,
S'y plaît, et satisfait son goût ichthyophage.
Cet insecte tout brun qui se nomme tarier
Se nourrit de ce bois qu'il sait s'approprier.
Chacun d'eux est armé de ruse pour défense.
L'un se cache ou s'enfuit, évite sa présence.
Cette innocente bête était peu de ce temps,
Elle n'aurait pu vivre en cet air ambiant.

COMBAT DU ROC ET DU MASTODONTE

Le Mastodonte était en douce quiétude[1],
Respirant, digérant, exempt d'inquiétude.
Qui peut lui résister? Son immense avaloir
Reçoit un jeune faon, ainsi qu'un entonnoir.
Les monstres effrayés redoutent son approche.
Il sommeillait. Un bruit, celui du madionoche
D'un oiseau qui passait, le surprend, il rugit,
A son rugissement, un autre cri surgit.
A son tour, il veut fuir; d'une sombre voilure
Descend, s'abat le Roc, à la large envergure,
Se pose sur le monstre, et ses serres d'acier
Dans son échine entrant malgré son bouclier,
S'arrête alors le monstre, il rugit et se roule,
Se tord pour l'écraser, rebondit, son sang coule.
Le Roc se déplaçant déchire par lambeaux
L'autre côté qui tombe en cent autres morceaux.

---

[1] Le Mastodonte et le Roc ont longtemps passé pour des contes, et l'œuf
du Roc, dont il est parlé dans les *Mille et une Nuits*, a été retrouvé par les
sauvages dans du sable.

Holocauste infernal, hécatombes vivantes,
Dignes des spectateurs de ces scènes sanglantes ;
De rage, de souffrance, impuissante fureur !
Il court, traînant le Roc ; son sacrificateur
N'est pas encore repu, il s'en donne à cœur joie,
Se délecte, se joue en déchirant sa proie.
Il est plein, rassasié... s'envole... et le chacal
Qui convoitait de loin ce terrible régal,
Léchait en avançant la trace ensanglantée.
Mais la hyène arrivait, des cris épouvantée,
Elle recule et regarde, et veut accaparer
Lors de sa patte aiguë essaie à s'emparer
Du morceau déchiré... Le monstre se retourne
Par un dernier effort, en sa gueule détourne
L'audacieuse patte ose aller l'affronter !
Venge ainsi par sa mort, la mort à supporter.
De voraces corbeaux arrive un grand nuage
Et des loups dévorants achèvent le carnage[1].

---

[1] Le Mastodonte était, à ce que l'on peut supposer, de la famille des Alligators ; mais sa longueur, d'après les débris que l'on en a trouvés, pouvait être estimée à 20 mètres.

Le Roc était un oiseau dont on a révoqué l'existence, et l'on prenait pour un conte, dans les *Mille et une Nuits*, cette demande d'un œuf de Roc comme la chose la plus extraordinaire. On en a découvert, des œufs, aux mains de sauvages qui les avaient trouvés dans des sables ; il y en a eu d'exposés lors de l'Exposition universelle de 1845. Ces œufs peuvent contenir jusqu'à 10 et 12 litres ; l'œuf d'une autruche ne contient guère que les 2/3 d'un litre, ce qui porte la grosseur de ces oiseaux de 15 à 20 fois plus gros qu'une autruche. Il est présumable que ces monstres avaient quatre ailes. Leur envergure, en la comparant à celle de l'aigle, eut été de plus de 50 mètres ; nous croyons que la nature en avait fait un oiseau de la famille de l'autruche ; mais peut-être que pour aider à sa férocité, qui est chez les individus en rapport avec leur besoin de nourriture, avait-il la possibilité de s'élever à une certaine hauteur.

LES ÉTANGS

Le globe n'est que lacs et qu'immenses marais
Où la valisnérie épuise leurs engrais,
Et grâce à son abri, cet immense théâtre,
Aidait à pulluler la grenouille marâtre [1],
Qui confie à la vase en un sac de cristal
La semence et l'humus, utile à l'animal.
Ce fruit incestueux de son incontinence,
Est victime souvent de son inconséquence.
Le noir hippopotame est né près de ces eaux,
Fréquente les étangs, avale grenouilleaux,
Clypteas et stombus, et tous ceux qui s'y trouvent
Sans remords, des remords? quoi? telles gens éprouvent
Des besoins, des dégoûts, satisfaire un penchant;
Ces puissants ont acquis le droit d'être méchant,
Ils en usent souvent. L'ignorant en abuse,
La science du mal n'a pas besoin de muse.

[1] Dans l'Amérique, il y a des grenouilles pesant jusqu'à 25 livres.

DES MODÈLES

Un unique patron sert à centraliser,
Toutes formes par Dieu pourront s'organiser.
Le même procédé fait que le poisson nage,
L'oiseau vole, légers; or, tous deux font usage
Pour nager, pour voler, de leurs rapides bras
Pour surprendre une proie, ou s'éviter un lacs.
Et l'homme, le premier qui bâtit un navire,
Inspiré d'un poisson a dû pour le construire
Voir ses dimensions, tourner ses flancs en rond.
Nomma quille la poutre, imitant du patron
L'os dorsal, s'appelant chez l'animal, chez l'homme
Arète vertébrale. Et voilà comme en somme
On ne peut rien créer. Cherchez puis imitez
Les modèles en tout sont des éternités.
L'homme peut à son gré trouver dans toute image
Ce qu'il croit être utile et propre à son usage.

Quelque pauvre minime en mangeant son poisson

Que lui-même fit cuire en quelque vieux tesson,
Trouva dans la dorade un trait d'architecture
Qui depuis a servi pour dessin de guipure.
Des églises d'alors ornement obligé
Sous le nom de gothique, ainsi s'est propagé.
Ce dessin primitif est celui d'une arête
Et qui de ce poisson fait partie en sa tête.
Mais de ses larges yeux voyez la profondeur,
C'est une chambre noire? Est-il un inventeur?
Celui qui de cet œil a su voir la structure
A son premier modèle en copiant la nature.
La forme en chaque objet, devient un objet d'art
Pour celui qui sait voir, lui peut servir plus tard.
Les arbres au tronc droit, à la voûte éternelle,
A l'église gothique ont servi de modèle,
Un tertre de gazon s'élevant au milieu
Fut le premier autel qu'on éleva pour Dieu.
La prière naïve avait sa poésie
Etrangère aux détours, exempte d'hérésie.

LA MACHINE A VAPEUR

De votre faible corps avez-vous déchiffré
Par quel art, quel travail, chez vous s'est opéré
Ce bruit, ce mouvement, qui bat comme un pendule,
Comment, à votre insu votre humeur s'accumule.
Ce mystère étonnant se cache dans le cœur,
Et c'est de votre corps la machine à vapeur.
Semblable à d'autre pompe aspirante et foulante,
A chaque battement le piston se présente.
Il fait sa prise, et chasse en l'artère le sang,
Le renvoie à son tour dans la veine et montant
En de vastes réseaux, le sang partout circule,
Remonte, redescend, agite la bascule,
Qui de ce va-s-et vient est ici le moteur
Telle vous la voyez à la pompe à vapeur.
Un feu particulier lui sert de calorique,
Il entretient mouvant toute la mécanique.
L'harmonieux accord par les ans dégradé,
Le mouvement arrive à pas lent, saccadé.

Le cerveau rétréci, durci, retient l'idée
Qui ne sort qu'avec peine et toute invalidée.
Ce n'est plus ce tamis, qui, comme un arrosoir,
En pluie épanchera l'eau de son réservoir.
De l'électricité s'affaiblit la puissance;
En vain par le café, le vin, la subsistance
On ranime chez l'être un reste de vigueur,
Qui s'épuise, s'annule, et cède à la langueur.
Et la mort est le nom qu'on donne à ce passage
De cette vie à l'autre, inconnue au plus sage.
Et rendant à ce monde un bien qu'il a prêté,
L'âme retourne aux lieux de toute éternité.

LES MONTAGNES

Des montagnes la chaîne en leur granit enserre
Du globe les contours qui retiennent la terre.
Telle se voit l'arête au dos du cachalot
Ou le long de l'épine au plus petit barbot.
Et leur coupe variée indique par leur forme
Qui du cèdre et du pin, ou du chêne, ou de l'orme
A trouvé son asile en ce sein maternel.
Quelle pierre soutient tout ce dôme éternel,
De quels métaux nature a pourvu son assiette,
Sur quels gouffres de feu ces rochers font la sieste?
Et dans leur échancrure autour de leurs parois
S'étale la verdure, et leurs plantes, je crois,
Aiment l'ombre. En ces vals, ornés par la nature
De toutes les beautés de son architecture,
Lieux d'ombre et de repos, de silence et d'amour,
Qui vous a vus, aimés, pense à vous chaque jour.

Muguet de la vallée à l'haleine embaumée

Vous vous cachez en vain sous la feuille abîmée
Par le vent de l'automne et le froid de l'hiver,
Près de vous vient fleurir le joli primevert.
Sur le rocher qui pleure, un églantier se penche
Ses roses en boutons surchargent chaque branche ;
S'éveillent le matin au murmure de l'eau,
S'endorment pour toujours au doux chant de l'oiseau
Qui vient baigner son aîle aux plis de la cascade
Et de l'eau qui bondit, brave en jouant l'arcade.
Onde folle et bruyant près du sein maternel,
Coule claire et tranquille en son cours solennel ;
Entraîne du moulin la roue aux larges auges,
Puis arrose en passant et le thym et les sauges.
Long miroir, encadré de pelouse et de fleurs,
Qui sans en rien garder réfléchit leurs couleurs.

Un rayon du soleil, au travers du feuillage,
Comme une pluie en or arrive à ce rivage
Ombreux et si paisible. A son attouchement
Les plantes ont frémi ; le ruisseau lentement
Aspire sa chaleur, le poisson en frétille,
L'insecte sous la plante a quitté la charmille,
Il vient se réchauffer à sa douce moîteur,
Il effleure un instant la coupe du bonheur.

LES NOCES DE L'ÉPINOCHE

Mais bientôt le ruisseau voit arrondir sa plage,
Il prend le nom d'étang; des plantes de tout âge
Tapissent son coucher et décorent ses eaux;
L'amour à la surface allume ses flambeaux,
Le nénuphar s'enlace à la valisnérie;
Sous leur ombre fragile un peuple attend la vie.
Petit... qu'allais-je dire? De forts beaux gros poissons
Dévorants les petits sans prendre de leçons.
Pour jouir du soleil, s'élance cette troupe,
Laissant voir les couleurs brillantes sur leur croupe.
S'éloignant de leurs jeux, l'Epinoche a bâti
Dans une touffe d'herbe, un nid pour son petit;
Un... trente, bien plutôt. Prenant avec sa bouche
Des herbes, les tressant, les arrange, les couche,
Comme fait un vannier, la bouteille au goulot
Dans sa forme imitée. Et retournant presto,
Dedans, dehors, visite, admire son ouvrage;
Elle va prendre alors l'habit de mariage.

La robe virginale éclatait de blancheur
Des nuances du prisme une autre à la splendeur,
Des reflets châtoyans où l'or même ruisselle,
S'étendent sur son dos, et son corps étincelle.
Et se met à danser, accompagnant ses sauts
D'une musique à elle. A ces bruits tout nouveaux
Un Epinoche accourt. Elle entre en la bouteille,
Dépose dans le nid garni de filamelle
Trente œufs gros et dodus. Et sortant de ces lieux
Le mâle a de sa laite enveloppé ces œufs.
Il s'éloigne. La mère a quitté sa toilette,
Elle vague avec soin autour de la chambrette,
Elle amasse des vers, en fait provision,
Bouche avec une fleur, l'entrée en la maison,
Se couche près des œufs attendant la journée
Où sa maternité doit être couronnée.
L'abandonnant dès-lors à leur propre destin,
Cette postérité la quitte sans chagrin.

COMBAT DU RHINOCÉROS ET DE L'ÉLÉPHANT

Dans une étroite allée à passer difficile,
Un Eléphant montait cette route infertile.
Mais par une autre issue est un Rhinocéros
Qui gravit ruminant. Un instant nos héros
Vont se trouver en face. Et l'un l'autre examine
L'exiguité du lieu. Reculer, acte infime
Pour de si grands seigneurs. Et voilà qu'Eléphant
Haut élève sa trompe, et par un cri tranchant
Qui retentit au loin et que l'écho répète,
Sert à ces combattants de tambour, de trompette.
Et comme ces béliers qu'Archimède inventa
Firent chaque bélître; et quoique potentat
Etourdis par ce coup, tous les deux reculèrent.
Leurs armes reprenant, hardiment s'avancèrent.
Rhinocéros se baisse, au contraire Eléphant
Court, relève sa trompe et se croit triomphant.
Le dard de l'ennemi sait ouvrir des entailles
Et sait donner la mort en perçant les entrailles.

Notre héros s'affaisse et soupire... il se meurt !
Cruel à quoi te servit de rester le vainqueur ?
Quoique victorieux ton arme embarassée
Dans ce corps étranger, s'est assez mal placée ;
Et dessous ton rival souffre un poids meurtrier
Qui te cause la mort dont tu fus l'ouvrier.
Et de ce court combat, quelle sera la gloire ?
Meurs, vainqueur, accablé de ta propre victoire,
Et si dans l'autre monde on prise tes travaux,
Le méchant peut jouir du succès de ses maux.

———

LE DESTIN

L'espadon assaillit et perce la baleine[1],
L'assassin va périr dans le sein de sa reine.
L'aigle, ce roi des airs, emporte en son giron
Un tout petit oiseau qu'on nomme moucheron.
Il se blottit sous l'aîle, et le maître déploie
Ses aîles, il s'élance et contemple avec joie
Tout ce vaste univers, son domaine, et l'oiseau
Entre son bec aigü, comme dans un fourreau
Il lui va droit au cœur. L'aigle royal chancelle,
Dans l'éblouissement laisse fermer ses aîles ;
Et par un cours rapide en bas sont descendus
Le mort et le coupable aux portes de Janus.
Dieu, symbole éternel de la paix, de la guerre,
Tu règneras toujours au milieu de la terre.

[1] Tous les êtres ont leurs ennemis, les petits font périr les plus grands.

MÉTAUX

Cybèle a dans son sein renfermé ses trésors
De fer, d'argent, de cuivre emplit ses coffres-forts.
Thal prépare avec soin, près de la roche osseuse,
De l'eau dans des bassins dont la pierre poreuse
Laisse comme un tamis se filtrer le métal.
Alors réunissant le règne minéral,
A l'étain, à l'argent, il mêle le mercure,
Le nître, l'arsenic, potassium, iodure
Avec intelligence, emploie avec grand soin
Ou mélange avec art et selon le besoin.
Tenant en fusion toute cette matière,
Un travail incessant est toujours nécessaire.
Electricité, feu, l'un sur l'autre agissant,
La dissout et la fond, après la divisant
Envoie au nord le fer, et l'or à l'autre pôle,
Et le zinc et le plomb au climat de la Gaule;

La Gaule, ce berceau d'hommes laborieux,

Bientôt le fer ductille obéit à la forme,
Et le cuivre et l'étain au creuset rafinés
Comme des lingots d'or en barres laminés.
Le premier des métaux qui donne la richesse
C'est le fer, c'est le maître. Il ouvre avec largesse
Le sillon. L'abondance avec lui s'introduit,
Et le pays en paix s'endort à son appui.

IRRUPTION VOLCANIQUE

D'un volcan[1] le cratère a la gueule béante,
C'est le haut du fourneau de cette fosse ardente
D'où s'échappe avec bruit une épaisse vapeur,
Messagère d'enfer, présage de frayeur.
L'air, injecté bientôt par le gaz et le soufre,
S'enflamme, s'obscurcit, et s'élançant du gouffre
Il entraîne la lave en un courant lointain ;
L'asphalte et le béton se mêlant à l'airain
S'écoulent vers la mer, qui fuit épouvantée
Les monstres de ses eaux la quittant pour Antée[2]
Et se précipitant dans leurs folles terreurs
Dans les gouffres ouverts, lieux exterminateurs,

---

[1] Quand un volcan s'éteint, il s'en est ouvert un ailleurs ; ce sont les tuyaux d'évaporation des mines en fusion.

[2] Cette dernière grande irruption volcanique dont nous avons tant de preuves, a dû être le déluge dont parle Moïse dans la Genèse ; cependant ou n'a pas trouvé de fragments humains.

S'engloutissent avec les montagnes tremblantes
Devant qui s'avançaient les brebis hâletantes.
Lions, tigres, sauriens, hippopotames, loups,
Tous se hâtaient, marchaient, couraient au rendez-vous,
Mais le sol, sous leurs pas, échappe à leur carrière,
Ils sont précipités dans le même cratère.
Et la haine un instant suspendue en leur cœur
N'a pu d'un seul moment retarder leur malheur.
Ils y périrent tous. Des sillons se formèrent
Où les eaux des étangs et des lacs s'épanchèrent,
Et prenant leur niveau, coulant vers l'océan,
Formèrent la rivière à la nappe d'argent.
Et des feux dévorants en tous lieux s'allumèrent,
Les pôles de la terre alors se déplacèrent [1].
Les êtres échappés à ce grand mouvement
Moururent par la faim. Périt hâtivement
Le fruit d'une nature exhubérant la vie
Devait rentrer un jour au lieu dont est sortie
La matière. La brute est le vain contingent.
La nature apprêtait pour l'être intelligent
Les lieux. Et Dieu voulait, dans sa bonté profonde,
Orner pour l'avenir cette terre féconde,
Cette hécatombe utile au temps précédent,
Car l'homme allait venir, innocent imprudent,
Ne connaissant des arts propres à sa défense
De victoires lassés, se font industrieux.
De leur front la sueur en fin or se transforme,

---

[1] Cette question vient d'être résolue par M. Adhémar dans l'ouvrage qu'il vient de publier « *Raison des déluges.* »

Rien ; et pour déployer sa faible intelligence
A l'homme il faut la paix et la sécurité,
La mère du travail est la nécessité.
Mais la nécessité, puis l'orgueil l'accouplèrent,
Et tous les maux cruels qui depuis dévastèrent
Toutes les sociétés de leurs crimes sont nés.
Et par le sang d'un Dieu, ne sont pas enchaînés.

SECOND CHANT

QUATRIÈME PHASE

LA TERRE A REÇU L'HOMME

DIEU SE FAIT ENTENDRE

A vos genoux, Seigneur, votre servante écoute.

. . . .

L'iniquité de l'homme à la céleste voûte
Est montée. Adorant le veau d'or, l'orgueilleux
Ne craint plus, il outrage, il attaque les cieux.
Il s'adore et s'admire, et se croit son ouvrage,
Son enfant de respect n'a plus, c'est son image,
Son miroir, il le flatte et va le dépravant.
Et chaque siècle a vu ce fils plus décevant
Insulter à sa mère et mépriser son père.
La licence sans frein est tout ce qu'il vénère,
Il croit en inventant arriver au progrès.
Hier et le désir, il ne met pas d'arrêts,
Tout doit lui céder, tout, sinon il se suicide;
Eh! comme si la mort à son désir avide
Pouvait manquer! Ingrat, oublieux des bienfaits
Et que ma main prodigue accorde à ses souhaits;
Hypocrites, cagots, l'amour et l'espérance

N'ont plus d'autre mobile, agio de finance.
Et ce féroce et lâche, un fusil à la main,
Il s'en sert contre lui, contre le genre humain.
La veuve, l'orphelin, qui restent sans défense
N'ont de protection, ne reçoivent qu'offense.
Il veut jouir, dit-il, qu'il se gorge de bien,
Mais justement acquis, qu'il jouisse du sien,
De tout ce que je donne !... écris et leur raconte
Mes bienfaits, mes travaux, qu'il comprenne sa honte.

L'ATMOSPHÈRE

L'atmosphère au tissu laiteux comme l'opale[1],
En forme de filet, à maille à pans, ovale;
Pour adoucir les feux d'un soleil trop ardent,
En passant par rayons les rend plus pénétrant.
La pluie en avalanche innonderait la terre,
En retombant par goutte elle la désaltère.
Les vents dévastateurs désormais enchaînés
Borneront leurs fureurs aux lieux dont ils sont nés.

L'atmosphère est autour de nous toute oxidée
La terre de vapeur est toute radiée,
Elle plane et voltige, et ce jouét des vents,
Tantôt raffraîchit l'air ou retombe en torrents.
Au pôle sud les vents limités dans leur course
Pour les navigateurs deviennent la ressource.

---

[1] L'homme ne saura jamais comment un œuf est fait; cassez-le, le blanc
est décomposé, cuit il est pierre.

LES FLEUVES

Le globe alors ouvrit la large voie aux eaux,
Pour épancher l'étang et les petits ruisseaux
Qui courent, gazouillant, se jeter aux rivières.
Les fleuves surchargés par trop de tributaires,
Roulent en l'océan ces tributs étrangers ;
Des fleuves prenant nom, leurs noms sont abrogés,
Et ces cours d'eau, ces mers, grands artères du monde,
Arrosent cette terre et la rendent féconde.

Ces fleuves destinés à l'avenir des temps
Où le globe encombré de ses nombreux enfants,
A l'industrie un jour ouvrira cette voie,
L'avidité cruelle en fait vite une proie.
Ces pays tout nouveaux dont le peuple innocent[1]
Offrait des fruits, de l'or, à leur vil conquérant.
Pour prix de leurs trésors, ces âmes charitables
Connurent tous les maux réservés aux coupables.

---

[1] Si nous n'étions pas entouré de rayons, il n'y aurait pas de son, puisque le son se percute soit par un tuyau, soit par une corde, et s'arrête devant un mur.

MYSTÉRIEUX AMOUR DES PLANTES

Sur les bords des ruisseaux, nature souriant
Se plaît à les orner, à son gré variant
Les plantes et les fleurs, les décore et les pare,
Et pour les embellir de tout elle s'empare;
Elle prend son plaisir à leur arrangement,
D'une fragile fleur fait un objet charmant,
Puis verse dans leur sein le parfum le plus rare,
Fait pour charmer les sens, mais où l'esprit s'égare.
Et dans leur tabernacle, amour pour le secret,
Ferme d'une clef d'or la porte du coffret.
L'une ouvre son calice après le doux mystère,
Une autre l'enveloppe, et l'enroule et l'enserre,
Elle perd sa parure et sa virginité.
La moisson de l'automne est travail de l'été.
Mais le fruit qui grandit devient son espérance,
Il porte dans son sein la nouvelle semence.
Ainsi se perpétue et la race et les plants,
Cette première plante a de nombreux enfants

Qui retiennent les traits de leur première mère,
Se gardant avec soin d'un amour adultère,
Car ces frères nouveaux, ne sont que des mulets,
Eunuques de l'espèce, et prouvent des méfaits.

DOUBLE UTILITÉ DES OISEAUX

Mais voilà le soleil obscurci par la nue,
Hé, quel bruit ! Ce passage annonce la venue
D'oiseaux chassés du nord par le vent des frimats
Et qui viennent en troupe en de plus doux climats.
L'Hirondelle au printemps revient chez la famille
Qui le printemps d'avant lui prêta sa bastille ;
Son retour est présage, il promet la chaleur,
Il témoigne des lieux, la beauté, la douceur
Et vient faire la guerre à la chenille éclose
Ou guette l'araignée alors qu'elle repose ;
Ou de son aîle aigüe elle rase les eaux,
Ou voltige en tournant à l'entour des ormeaux.
La Cigogne et la Caille, aimables passagères,
Nous enseignent les vents des terres étrangères.
L'homme a trouvé dans tout, pour son instruction,
De la bonté de Dieu la juste intention.

AMOUR DE DIEU

Nature, livre ouvert à l'humble intelligence,
Facile à concevoir, et comble l'exigence
Des hommes orgueilleux, qui prétendent créer.
Créer!... est à Dieu seul a pouvoir de tirer
Du néant, des Soleils et des Astres; un Monde
De Plantes, d'Animaux; a pu rendre féconde
Toute cette matière, il sut l'organiser,
De façon a pouvoir vivre et subdiviser.
Il donna pour ses fils cet immense héritage,
En ne leur demandant que d'être bon et sage,
De reconnaître en lui son maître souverain,
Et n'oublier jamais qu'il nous donne le pain.
L'ingrat, ni dans le ciel, ni dessus cette terre
N'obtiendra le pardon qu'un criminel espère.
Cette leçon d'aimer, de voir Dieu glorieux,
Est étalée en tout. Elevant vers les cieux
Leur voix, chaque matin, les bois de cris résonnent.
Ce sont des animaux formant un chœur. Ils donnent

Ce qu'ils peuvent donner, un long gémissement,
Rude comme la ronce, ou comme un aboiement.
Dieu ne veut de chacun que tout ce qu'il lui donne,
Un cantique du cœur qui simplement s'entonne.
Et l'homme négligent à lui rendre ce soin,
S'éloigne plus de Dieu que ne l'est un marsouin.
Son âme s'habitue aux choses de la terre,
Elle s'identifie à ce socle de pierre,
Perdant la faculté de s'élever vers Dieu,
N'aperçoit qu'un plafond, dans ce profond ciel bleu.
Et ses sens dépravés par le contact des vices.
L'âme sent à la mort tous les bonheurs factices.

LE CASTOR

Un vulgaire animal peut bâtir sa maison,
Le castor sait jeter un arbre comme un pont,
Et bâtissant dessus, il dresse à double étage
Un asile élevé, qui narguera l'orage,
Ou la femelle élève avec soin ses enfants
A l'abri des dangers et des vents inconstants,
Et pouvant de chez soi pêcher sa nourriture
Si parfois la maison va manquer de pâture,
En paix, ces animaux au travail réunis,
Trouvent dans leurs efforts, des bonheurs infinis.

LES MÉCHANTS

Mais l'animal farouche, aime tout au contraire
A vivre retiré; du fond de sa tannière
Il ne sort qu'en portant l'épouvante et l'horreur.
De la tranquillité, c'est le profanateur;
Par ses rugissements, sa présence il annonce
D'autres fois un malheur, son passage dénonce.
Sans ami, sans compagne, occupé seulement
A comploter le mal, existe tristement.
Ainsi l'homme méchant, le *cruel et l'injuste*,
Vit seul, et dans sa haine accumule, ajuste
Des sujets nés de lui, qu'il sait imaginer,
Et que dans sa colère il fera fulminer.
On le craint, on le fuit, semblable à la vipère,
D'un rien est furieux, et pour tout s'exaspère.
Il lance son venin, attaque l'innocent,
Croit voir en tout objet un sujet offensant.
Fatigué, malheureux, est à lui-même à charge
Et des maux qu'il a faits, son âme se surcharge.

LA CONSCIENCE

Sa conscience émue, en vain, il veut la fuir,
Elle se tient en lui, ne peut s'en dévêtir,
Et l'esprit du coupable en sa peine se trouble,
En vain la nuit au jour se succède et se double.
Le crime est toujours là, présent à son esprit,
Et la joie en ce monde, ajoute à son souci.
Puis craignant l'avenir, rejette la croyance
Qui pour le malheureux est la seule espérance,
S'aveugle en sa douleur, il menace, ses maux,
Dont le poids douloureux augmente ses fardeaux,
Et ces maux incessants, insensibles aux larmes,
S'enfoncent plus avant, comme le font des armes.

LE JUSTE

Quels que soient les malheurs dont le juste est frappé,
Il sait les supporter avec gloire et fierté.
Parce que l'âme est libre, et ne tient à la terre
Que par un fil usé de durée éphémère.
Ne croyant qu'au bonheur qui lui vient de là-haut,
Le juste s'abandonne aux bontés du Très-Haut.
Et toujours éclairé de céleste lumière
Rase en passant le vice, et l'âme reste entière.

LE PRINTEMPS

I

Qui peindra ce premier Printemps si vigoureux ;
Sa végétation, ce soleil amoureux ?
Resplendissant de feux, en remplit l'atmosphère ;
Par des frémissements a répondu la terre.
L'électricité s'est émue, et caressant
Animal, plante, oiseau, jusque-là languissant,
Tous prennent à sa voix, une vigueur nouvelle ;
Le tigre au fond des bois répond à sa femelle,
Il la cherche, l'appelle ; un sentiment nouveau
Sur tous les appétits, à ce temps seul prévaut.
La colombe roucoule une chanson plus tendre,
L'hirondelle gazouille et se laisse surprendre.
Jusqu'au serpent qui rampe et s'agite en sifflant,
Se rend au rendez-vous, un seul jour dans tout l'an.

II

LES POISSONS

Le Poisson surchargé d'une chaleur nouvelle [1],
Ressent du froid de l'eau, la froidure mortelle ;
Il voudrait en sortir, ne cherche pas au loin
Le courant l'entraînant, arrive à juste point
Au rivage sablé que le zéphir caresse,
La douceur de cette eau, lui causant de l'ivresse,
Dépose sa semence. Il portait en son sein
Sa génération, son successeur certain ;
Et par le même instinct à son retour le mâle
Vient, et de sa laitance il arrose l'écale.
Se bornent-là les soins de sa paternité,
La femelle a fini pour sa maternité.
Mais jamais nul amour n'entra dans ce ménage,
Etre inintelligent, qui marche, de passage,
Obéit aux devoirs de procréation,
Et qu'il doit accomplir, mais sans intention ;
Génération qui ne connaît pas son père,
Ces familles sans cœur ne diront jamais... mère !

III

LIÈVRES ET LAPINS

Un tapis d'un vert tendre et parsemé de fleurs,
Se déploie et formant des détours enchanteurs,

---

[1] J'ai donné, dans mon ouvrage sur l'électricité, la raison de cet état ; il est dû à l'électricité. C'est elle qui cause cette chaleur propre à l'état de procréation.

Des rives en festons, et la fertile, plaine,
S'étend sur la colline où fleurit la verveine.
A ce riant tableau, la brebis et l'agneau
Viennent goûter à l'herbe, et le petit chevreau
Court, en cabriolant, a devancé sa mère.
Le Lapin du terrier quitte la chaude serre,
Et vient brouter aussi, puis sautant, fait cent tours,
Débarbouille son nez, fait patte de velours.
Le Lièvre non moins fin, arrive avec sa fille,
Fille unique, et laissant les soins de la famille,
Des ruses de l'Etat, lui confère en secret
Les ressources de l'art, joindre leur intérêt
Quand veut leur sûreté, que le danger les pressse;
C'est là leur entretien. Trop souvent la jeunesse
Dédaigne ces avis; levraut fait son profit
Et mis à cet essai, ne fut pas déconfit.

IV

LES ABEILLES

Un essaim bourdonnant de nouvelles Abeilles [1]
Sur un sapin fleuri s'arrondit en corbeille,
Et de la jeune reine attendant le décret,
A lui servir d'escorte, en tous lieux il est prêt.
Le tronc creusé d'un saule, au bord d'une *rivière*,
Offre à la monarchie un abri *tutélaire*.
La reine accepte et part. La reine s'établit.

---

[1] La merveilleuse intelligence des Abeilles prouve que nous nous faisons une fausse idée des animaux, parce que nous ne comprenons pas leurs langages; nous ne leur rendons pas la justice qu'ils méritent.

Ouvrières, en hâte, arrangent, s'ennoblit
La nouvelle demeure. Elles brodent, tapissent
L'appartement royal, de leurs pattes bâtissent
Les parois. L'alvéole où doit se déposer
Tout le produit en miel, ce qui doit composer
Le pollen préparé pour la table royale,
Les Bourdons étalons, ont la part de régale[1].
C'est entr'eux que la reine a choisi son époux,
Une fois son choix fait, ce peuple quoique doux
Extermine ce mâle à la ruche inutile,
Qui ne fait que manger dans l'étroit domicile.
Les beaux jours sont si courts, et rare sont les fleurs
Qui donnent le pollen à ces aimables sœurs.
Quand par quelque malheur, la saison s'est passée
Sans que la quantité de miel, cire amassée,
Suffise pour l'année, alors entre la faim
Qui jamais ne s'adresse à nulle porte en vain.
Non seulement l'état que la reine gouverne,
Mais aux soins maternels, sa vie est toute interne,
Et l'avenir heureux de sa postérité
Se doit à son concours, à son habileté.
Gouverné par un seul, rarement sanguinaire
Dans la tranquillité, le royaume prospère.

V

LES FOURMIS

Tout près de là vivait sous terre un autre essaim
Composé de cent chefs. L'altier républicain

---

[1] Droit régalien.

Connaissant de la guerre et la ruse et l'adresse,
A de la stratégie inventé la finesse.
D'un bataillon carré sait-il fermer, ouvrir
Les rangs; vers l'ennemi, s'avancer, se couvrir,
Emporter les mourants, les blessés, mais se rendre.
Jamais cri de retrait ne peut se faire entendre
Dans ces farouches cœurs aux appétits brutaux,
Qui tiennent enfermés de petits animaux
Et les mangent l'hiver avec d'autres pâtures,
Leurs magasins remplis de bonnes nourritures.
Et d'un petit troupeau qui leur donne du lait
Qui l'été se promène attendant leur retrait,
Quoi, toujours occupé d'un sentiment avare
Tu vis loin des amours, comme vit le barbare,
Et craignant d'accorder quelque temps à l'amour,
Tes mâles sont ailés, pour te fuir à leur tour.
Il est du temps pour tout, et celui qui nous aime
Veut que sa créature en agisse de même.
Peuple laborieux appelé les Fourmis,
Je vois tes ennemis, ne te vois pas d'amis.

VI

LES PLANTES

Dans les champs à chaque heure ou le soleil éclaire,
Les fleurs peuvent servir comme cadran solaire.
Plutôt c'est une horloge ou chacune à son tour [1]

[1] HORLOGE DES FLEURS.

Le matin à 3 heures s'ouvre le salsifit des prés.	7 la laitue cultivée.
A 4 h. la chicorée sauvage.	8 le moron rouge.
5 l'hémérocale fauve.	9 le souci des champs.
6 l'épervière frutiqueuse.	10 la ficoïde napolitaine.
	11 l'ornitogale à ombelle.

Se réveille et de l'heure annonce le retour,
Et des mois, qui de l'an partagent la durée,
Fleurissent douze fleurs sous la voûte azurée.
Les fleurs de leur odeur parfument notre champs.
Fleur à corolle d'or, à pétale d'argent,
Souvent bordée en bleu, se colorant en rose,
Forme avec des dessins la plus charmante chose.
Par leur utilité, par leurs simples vertus,
Sont bien mieux que l'habit dont Dieu nous a vêtus.
La simple Violette et la blanche Pervêche,
Le Pissenlit, le Lys et la fleur de la Pêche,
Le Mouron blanc [1], l'Euphorbe, ont des propriétés [2]
Qui souvent de la mort ont les pas arrêtés.
Plus une herbe est commune et pousse en la contrée,
Plus elle est nécessaire; ici la Chicorée,
La Menthe, le Plantin, le Cresson, le Chiendent [3],

SE FERMENT DE MIDI A MINUIT :		
A midi le souci des champs.	6	s'ouvre le géranium triste.
A 1 h. l'œillet prolifère.	7	se ferme le pavot nadicaule.
2 l'épervière piloselle.	8	le convolvulus droit.
3 le mouron rouge.	9	s'ouvre le siléné nocturne.
4 l'alysse alyssoïde.	10	s'ouvre le cactus à grandes
5 le nénuphar blanc.		fleurs.
	A minuit se ferme le cactus.	

[1] Le mouron cuit dans du vinaigre, mis en cataplasme sur la gorge guérit l'esquinancie.

[2] On voit, par les plantes, que l'homme n'a pas créé la mesure du temps et que l'almanach n'a été si long à composer que parce que l'on a méprisé l'étude de la nature; les fleurs, donnent l'heure, les mois, et déterminent ainsi le cours du soleil à 12 mois, comme les racines de navet, carotte, etc.? déterminent les lunes, les yeux du chat, etc. Une branche d'arbre indique les pôles, et l'on doit, pour planter, regarder avec attention pour ne pas mettre le nord du côté du soleil, pour que l'abre ne périsse pas. L'ombre ne donne-t-elle pas l'heure et l'année?

[3] Avec quel soin la nature a enrichi la terre des plantes nécessaires à chaque climat. Je pense qu'il est inutile de se servir de plantes étrangères, celles du pays doivent suffire.

Viennent utilement pour le pauvre habitant.
Dans sa sollicitude aimable et maternelle,
Nature à nos besoins se montre en tout fidelle,
Les plantes qui ne sont que pour médicaments
Ont une odeur, un goût, qui n'ont pas d'agréments,
Nous semblent avertir de leur utile usage
Et par leur goût affreux recommandent au sage
D'abord d'examiner. Lui, les prend avec soin
Pour dans l'occasion, s'en servir au besoin.
Et par sa science aidant, au dessein de nature
Au malade souffrant, sourit et le rassure.

VII

LE ZODIAQUE

Puis d'ignorants bergers en gardant un troupeau
Contemplaient un ciel pur, aperçurent là-haut[1],
Douze étoiles réglant douze cours[2] en l'année,
Chaque étoile bientôt reconnue est nommée.
Le signe du Zodiaque est par le chaldéen
Sur la pierre gravée, et nul n'ajouta rien.
Le professeur de l'homme est le livre nature,
Celui qui l'étudie il lui devient augure[3].

---

[1] A Sienne, en Egypte, il y avait un puits dans lequel on voyait le soleil
entier le jour du solstice d'été.

[2] Les douze signes du Zodiaque.

[3] L'atmosphère de l'Asie et de l'Afrique est d'une transparence qui laisse
voir les planètes plus grandes et le firmament plus brillant.

VIII

LE SOUFFRE

Contrairement à l'ordre et aux desseins des Cieux
Nous nous attachons trop au rare, au curieux.
Car quoi de plus commun que la Mer et le Souffre[1]?
Ils se trouvent partout, car partout l'homme souffre.
En lotions, en bains, tout ce médicament
A tout âge se prend fort agréablement.
Leur efficacité chasse la maladie
De ce corps épuisé; l'ordonnance varie
Selon l'âge. Le sang rajeuni, ranimé,
Dégagé des humeurs qui l'avaient opprimé,
Reprenant de son cours la paisible harmonie,
Il vous rend la santé, qui prolonge la vie.
Malgré nos désirs, c'est un bien doux plaisir
De se sentir renaître... Assez tôt pour mourir!
Et cet art de guérir, toujours si difficile,
Le plus simple animal s'y trouve très-habile.

C'est que dans la nature animal est resté,
L'homme avec sa science a le tout empesté.
En croyant trop en lui, l'homme aisément s'égare.
Et devient moins savant que le pauvre barbare[2].

---

[1] Si l'usage du Souffre mêlé avec du miel était plus répandu pour les jeunes enfants, on n'en verrait pas autant devenir aveugles et sourds par la gourme.

[2] Les nègres sauvages connaissent les vertus des plantes.

IX

LA LUNE

Ces cercles par la Lune en ces plantes tracés
Par l'électricité sont plutôt engencés,
Ou prêtant à la Lune une arme passagère
Photographie en eux et poursuit sa lumière;
Marquant ainsi ses pas, ses évolutions,
Accomplit son parçours sans perturbations.
La Lune[1] sur la terre exerce son empire,
La carotte, un navet vous apprennent à lire
En quoi sont leurs rapports, leur végétation.
Analysez, comptez, suivez chaque rayon,
Il vous nomme une Lune. Et du sein de la terre
La racine est soumise, outre l'astre solaire
A cet astre. Inconnu dans l'attribution
Qu'il doit se réserver. Est-il sécrétion?
Il marque son passage en la plante qui pousse,
Ou la plante en liqueur éprouve une secousse
Qui la tourne, l'étreint, subit sa pression.

Quand la Lune est en plein, son émanation
Se fait sentir soudain par la forte rosée.

---

[1] La Lune est l'astre le plus inconnu aux savants actuels, ils veulent en
faire une planète comme la nôtre. La Lune est notre auxiliaire, elle agit sur
toute notre nature, qui en reçoit le bénéfice; elle est aspirante et réfléchis-
sante. Les astres voisins, que nous appelons planètes, ont suivant leur grosseur plusieurs satellites; c'est sans doute les auxiliaires de la nature, qui
les aident et les assistent dans ce travail incessant du tout immense que
nous appelons Univers.

La terre attend la nuit, de ses pleurs irisée [1],
Et Mai craint ses rigueurs pour sa végétation.

Sur la mer, la Lune a-t-elle moins d'action?
Elle la suit et monte. Et par chaque marée
Marque sa décroissance ou son croît. Si Borée
Alors de ses fureurs agîte l'élément,
Elle rugit, se gonfle, et son mugissement
Ressemble au dernier cri des anges des ténèbres
Ecrasés par les monts, en leurs linceuls funèbres

Par les lunes se règle une maternité
Et donneront des lois à l'électricité
Qui du sein maternel dévoile le mystère
D'un amour fructueux, aux étreintes d'un père.

N'allez pas des forêts abattre par hasard
Des bois qui mal conduits se pouriront plus tard.
Mais il faut de la Lune apprécier la venue [2]
Abattre à son croît. Faire la retenue
De ce temps nécessaire à son autre décroît;
Ce temps n'est pas perdu, chaque chose à son droit,
Et le vin qu'au cellier a mis votre industrie,
N'en bougez pas le fût dans votre ivrognerie.

Pour des œufs à couver, consultez sagement
Du croît et du décroît le double arrangement,

---

[1] Dans chaque goutte d'eau il y a les 7 couleurs de l'iris.
[2] Il est présumable que la sève monte avec le croît et qu'elle se maintient
dans le bois abattu à cette période lunaire et le conserve.

Et ne rejettez pas l'influence lunaire.
Plantez, semez, couvez, le croît même à bien faire.

Prenez pour méridien un arbre au tronc nu, droit.
De son ombre à midi, remarquez la distance,
Où l'ombre passera, quand la cîme balance.
Si dans la profondeur d'une vaste forêt,
Que de votre chemin vous perdiez le secret,
Sans la boussole, aimant, détachez une branche.
Des cercles, consultez le stipe et l'hampe blanche[1],
Plus étroit d'un côté, c'est le côté du nord.
Les étoiles, la nuit, vous conduisent au port.
L'humanité pouvait sans la géographie
Ecouter la nature et n'être pas trahie.
La science a souvent déçu plus d'un savant
Qui ne sait pas la paix que goûte l'ignorant.

Quelques hommes savants, dans le cloître élevés,
Qui cherchant Dieu partout enfin sont arrivés
A découvrir un jour l'influence lunaire.
S'exerçant sur notre astre et la sphère armillaire,
Cette docte science alors se compléta
Des observations que chacun apporta.
Dans cette voie enfin, vint briller la lumière;
Aux épreuves déjà leur âme familière
Ne se rebutait pas. Certain médicament
Pris à différents temps, portait un changement

---

[1] Une branche d'arbre indique les pôles, et l'on doit, pour planter, regarder avec attention pour ne pas mettre le nord du côté du soleil, pour que l'arbre ne périsse pas. L'ombre ne donne-t-elle pas l'heure et l'année.

Aux phases de la Lune[1], enfin les rapportèrent
Par ce nouveau chemin à connaître arrivèrent.
Et ces hommes instruits, des honneurs oublieux,
Aimaient l'humanité, le regard vers les cieux.
Leurs longs travaux aux jours révolutionnaires
Servirent au bûcher, qui fit brûler leurs frères.
Leur perte va châtier jusqu'aux derniers neveux
Les descendants impurs de ce temps monstrueux.
Et le nouveau savoir, par l'huile de morue,
Voit des morts la phalange encombrer chaque rue[2].

X

PRINTEMPS

Le temps des doux liens de la terre et des cieux
S'accomplit au printemps; leurs secrets amoureux
Vont porter leurs fruits. Nature s'y prépare,
Elle a reçu de Dieu qui n'en est point avare
Le mouvement et la vie et vers l'éternité
Elle va, toujours jeune en sa postérité.

---

[1] Un médecin de Bourges avait remarqué qu'il ne fallait employer l'iode
que pendant le croît et le plein de la Lune.

[2] On a remarqué, par la statistique de Paris, que la mortalité s'est accrue
depuis que l'on emploie l'huile de foie de morue.

L'ASIE OU L'ÉTÉ

1

Fleuves aux bords fleuris, du Tigre et de l'Euphrate
Où l'herbe est un parfum, chaque plante aromate;
Pour plaire et pour charmer tout est fait en ces lieux,
Soit pour flatter les sens, pour le plaisir des yeux,
Le Soleil avec l'or a doré cette terre.
Tout y brille, les fleurs, les cieux, l'air et la pierre,
D'un aspect inconnu dans les autres climats.
Ce pays ne connaît ni neige, ni frimats.
La rose a des odeurs à nulle autre pareille,
Dans sa chaste corolle a butiné l'abeille.
Le papillon azur, légère fleur du ciel,
Dont la vie est un songe et la mort le réveil,
Caresse en voltigeant de son aîle tremblante,
De la fleur la pétale à corolle odorante;
Se repose haletant sur l'Arum, le Palmier,
Meurt dans la Dionée[1]. Spathe aux fleurs de papier.
L'habitant vous connaît, il en fait sa coiffure,
Et toute sa dépense est due à la nature.

[1] Fleur gobe-mouche.

II

LES FRUITS

L'Orange ou pomme d'or, se trouvent épanouis,
Dessus la même branche et les fleurs et les fruits,
Tout en cet arbre utile est bon et nécessaire,
La fleur qui se distille et son fruit désaltère,
Le feuillage en boisson devient un grand calmant,
Et son bois recherché, des ans a plus d'un cent.
Le Lagetto, cet arbre a délicate moëlle,
Son liber avant d'être écorce, est en dentelle.
Du Cocotier la noix contient une liqueur,
De la Crême aux noyaux conserve la saveur.
La Figue du désert est la grande ressource,
Elle apaise la faim, pendant la longue course.
La Fraise, le Melon, apportent la fraîcheur
De leur pulpe au palais épuisé de chaleur.
L'Ananas, roi des fruits, digne de renommée,
Répand le doux parfum de sa chair embaumée.
La Canne, ce roseau de sucre, précieux
Aliment, propre à tout, présent digne des dieux.
Et le fécond Dattier, à la grappe pendante,
De l'ambre a la couleur, jaunâtre, transparente.
L'Abricot, le Raisin, la Pêche aux roses fleurs
Charment le goût blasé par leurs douces saveurs.
Et les yeux éblouis de leur couleur vermeille
Ne peuvent plus choisir, dans la riche corbeille
Qu'offre chaque saison de ce pays heureux;
Où tout est jouissance, l'homme en est il mieux.

III

AMOURS D'UNE FIGUE ET D'UNE MOUCHE

Pour seconder l'amour chez chaque créature,
Des soins les plus charmants l'entoure la nature.
Le cheval aide à l'homme, et l'animal soumis
Fait éclater sa joie aux cris de ses amis.
Le chien, ami de l'homme, accourt quand il l'appelle,
Toujours les animaux nous servent de modèle,
Et les petits d'entre eux ont aussi missions,
Nous les écrasons dans leurs occupations !
L'abeille, en travaillant au profit de sa ruche,
Apporte le pollen qui sur elle se huche.
Aux fleurs qui pour l'amour ont compté sur le vent,
L'inconstant messager est parfois imprudent.
La Figue est la fleur à la charnure épaisse [1],
A besoin d'un ami, car le vent la délaisse ;
Elle ne verrait pas la graine de son sein
Régénérer sa race et voler en essaim.
Au temps de floraison accourt certaine Mouche
Qui vient, opère un trou, par l'aide de sa bouche
Près de l'œil du fruit mâle ; enlève le pollen
Sur son corps hérissé, le reporte soudain
A sa sœur fleur femelle. Aussitôt elle entaille
Et pénètre dedans. Avant qu'elle s'en aille
La Mouche, en déposant le pollen précieux,
Accomplit de l'hymen le secret amoureux,
Fait d'une fleur inerte, une nouvelle épouse
Qui voit fuir son amant sans être jalouse.

[1] Le figuier déoïque.

IV

LES OISEAUX

Sous les rayons brûlant d'un soleil lumineux,
Des oiseaux le plumage est vraiment merveilleux;
Si leur beauté ravit, leur chant charme l'oreille.
Les petits Colibris à la couleur groseille,
Aux branches suspendus ressemblent à des fruits
D'ametiste, de rose, à de brillants rubis,
Et la verte émeraude et la jaune topaze
Composent le tissu de leurs aîles de gaze.
Et du Coléoptère à carapace d'or
Se nourrissent; il meurt, ils ont le même sort.
Du Faisan d'argent, d'or, la brillante parure
Dispute au Paon le prix d'élégante émaillure.
Le Paon humilié fait la roue, au soleil,
Montre dans sa splendeur son brillant appareil;
Et le Dindon, témoin de cette lutte, étale
La blancheur de sa robe et la croit sans égale.
Glougloute satisfait, étourdis de ses cris
L'écho le plus lointain. Le Cygne blanc de riz
Aime les lieux couverts et les eaux peu profondes,
Flotte légèrement ou glisse sur les ondes.

V

LE SOIR

Et le Soir, les parfums qui s'exhalent des fleurs,
Remplissent l'air d'amour et de bonnes odeurs.
L'âme est à l'unisson devant cette richesse

Et le cœur se remplit de bonheur, de tendresse.
Tout ce charme intéresse, et l'œil suit curieux,
Un saule balançant sur le lac onduleux
Dont la vague en coulant fait tourner le branchage.
On s'amuse, on se rit de cet enfantillage,
Et l'esprit s'y suspend. Puis les derniers rayons
Du soleil se couchant au-delà de ces monts
Se mirent dans ces eaux, voltigent, papillonnent.
La grenouille croasse, et les bourdons bourdonnent.
Pour la dernière fois chante le bengalis
Qui trouve le couvert dans une fleur de lys.
L'accacia s'endort...... baisse ses folioles
Quand l'ombre de la nuit s'étendra sur les pôles.
Le zéphir se suspend aux cîmes des palmiers
Et secoue en jouant les larges bananiers.
Le bruit de la journée, a petit bruit expire.

Et la Nuit le silence a repris son empire.
La lune s'est levée et son disque d'argent
Se balance du ciel sur les eaux de l'étang.
Le Rossignol, lui seul, vient troubler ce silence
Et l'écho s'éveillant répète sa cadence.

VI

LES AMOURS D'UN LAMPIRE

La nuit plus d'un hymen sous l'herbe s'accomplit,
Hymen sans lendemain. L'insecte s'embellit,
Pour ce moment se pare, et sa phosphorescence
L'enveloppe, l'habille en sa magnificence.

C'est la robe de noce, et l'époux, son flambeau
Sur la tête, en volant vient près du vermisseau ;
L'épousée avec joie a reçu son Lampire
L'amour est si brûlant que l'époux en expire.
Sa veuve se console en sa maternité
Et s'occupe des soins de sa fécondité.
Cette vie a sa phase et d'amour et de joie
Dans sa courte durée à l'avenir s'emploie.

VII

LES PIERRES FINES

Les cailloux [1], les rochers paient aussi tributs,
De parer la beauté passe en leurs attributs.
Les pierres aux tons purs, aux couleurs les plus chaudes,
Se distinguent l'Onix, l'Aigue, les Emeraudes,
C'est du soleil que vient leur éclat, leur beauté,
Qui sur tout leur assure et vaut la primauté.

Quand de Cybèle en feux les forêts se brûlèrent,
Quelques charbons éteints entre les rocs tombèrent ;
Ce lieu prit nom Golconde, et les vrais Diamants [2],
Les plus beaux, plus clairs et les plus chatoyants,
Sont découverts auprès. Se trouve la coquille
Aux Perles, dans ces mers ; du Corail la famille
Etend ses courts rameaux qui s'attachent au sol,
Et sur le nopal vient Cochenille au Mogol.

---

[1] Les galets du bord de la mer renferment des Cornalines herbacées.
[2] Les Diamants découverts même de nos jours doivent leur naissance à
quelque forêt brûlée.

Dont la couleur de pourpre en rouge teint la soie,
Et ce ver merverveilleux accomplissant sa voie,
Qui naît, travaille et meurt, s'éveille papillon,
Pour sa postérité dès lors devient fécond.

L'éléphant, animal à la vaste encolure,
Qui chérit sa forêt, enfant de la nature,
Il la quitte et conduit par un simple cornac,
L'aide dans ses travaux; il en fait un hamac
Où se promène à l'air le prince, sa famille,
A la chasse, à la guerre, il leur sert de bastille.

Et le singe, habitant de ces vastes forêts[1],
Dans les champs d'alentour, connu par ses méfaits,
Prend le gutta-percha pour guérir sa blessure,
Et rend au corps honneur, lui donnant sépulture.

Monts de l'Himalaïa, montagnes du Thibet
Qui nourissent la chèvre au long poil en duvet.
Les larges papillons du val de Cachemire,
Verts, bleus, brillants miroirs, où le soleil se mire,
Emblême de la vie aux éclatants plaisirs,
Qui passe en souriant et meurt en ses désirs.
Voltigent sur la fleur sans qu'elle se déflore,
Et reçoit ses adieux au lever de l'aurore.

---

[1] J'ai longtemps réfléchi pour savoir quel pouvait être le remède enseigné par la nature aux singes pour panser leurs blessures. J'ai fini par découvrir que c'était une gomme. La gomme arabique fondue dans l'eau très-épaisse versée sur la blessure ôte la douleur, on rapproche les lèvres de la plaie au moyen d'un fil ou d'un lacet très-étroit, au bout de quelques jours on est guéri. C'est sans doute ce simple remède que les femmes des Bedouins emploient, et qui guérit si vite qu'ils n'ont pas besoin d'hôpitaux. Si quelque corps étranger s'est introduit dans la blessure il faut la laver, soit avec de l'eau et du sel, du vin vieux, ou une décoction à froid de bois de fresne.

TROISIÈME CHANT

CINQUIÈME PHASE

PREMIER ÉTAT DE L'HOMME

Tout était innocence autour de ce berceau,
A l'homme destiné; tout était frais, nouveau,
Plein de vie et d'amour, et par un doux murmure
S'exhalait le bonheur dans toute la nature.
Tel fut l'heureux pays comblé de tous les biens
Que Dieu dans sa bonté réservait pour les siens.
L'homme vécut heureux dans ce vaste héritage
Tant que chacun des fils accepta le partage;
Et que vivant des biens que la terre donnait,
Il bornait ses plaisirs, limitait son souhait.
Mais l'orgueil et l'envie en tous les cœurs entrèrent,
Tous les mauvais desseins en leur âme germèrent.
Un bandeau s'étendit sur les yeux, sur les cœurs,
Oubliant la vertu naquirent mille horreurs.
L'homme vit accourir les maux et la misère;
Cette triste misère est la fille d'un père
Ingrat, dénaturé, repoussant la raison,

Et du crime absorbant le funeste poison.
Méconnaissant son Dieu, s'adorant sur la terre,
L'homme emplit son séjour de pleurs et d'adultère.

IX

MERVEILLES DE LA MER

Le sein des mers ressemble au pré couvert de fleurs,
Rose, jaune et lilas, étalent leurs couleurs.
L'homme à l'œil curieux, en vain cherche à connaître
Il a pu détacher la plante qui va naître
Sur sa nature écrire, un argument frondeur,
Et devant ses décrets qu'ajoute l'imposteur?
Combien cette nature est belle, inexplicable,
Même de la comprendre un homme est-il capable?
Le zéphir seul soufflait, le ciel clair et tout bleu
Qu'animait à plaisir du soleil le doux feu.
C'était le vingt septembre au phare d'Auderville,
Une heure moins le quart. La Mer était tranquille.
La terre était bordée en ses sinueux tours
Par les couleurs du prisme et suivaient les contours,
Des feuilles, des rochers et la mer transparente [1]
Laissait voir l'arc-en-ciel dessiner chaque plante.
Les lichens, les varecks, brillaient des sept couleurs
Dont le fond métallique élevait les splendeurs [2].

[1] La terre était tout or, les plantes et les couleurs sur fond d'or, et l'on voyait le fond de la Mer transparente.

[2] J'ai vu, le 20 septembre 1857, cet admirable phénomène qui se voit rarement, étant monté au phare d'Auderville, en vue des îles de Jersey et de Guernesey, dans la Manche. C'est le plus beau spectacle et qu'il est impossible d'imaginer. Le Seigneur réservait cette vue à ceux qu'il inspire pour la rédaction de cet ouvrage.

Chaque bribe de l'herbe, en brillant transformée,
De pierre orientale est la terre semée,
D'ailes de scarabée aux couleurs vert et or,
Du bleu sur ce fond d'or, et du violet encor,
Et les yeux éblouis, le cœur en allégresse
Admirant du seigneur cette immense largesse,
Voyant en ces beautés, celles du paradis,
Et la réalité des oracles prédits [1].

X

DESSINS

Il se voit sur le sable à la basse marée [2],
Quand vous suivez des flots la marche accélérée,
Le Dessin net de plante éloignée hors des lieux,

---

[1] Le curieux et admirable phénomène que je vis, le 20 septembre 1856, et que le gardien du phare d'Auderville, dans le Cotentin, peut attester, est le plus grand et merveilleux spectacle qu'il soit possible d'imaginer; des malades ont raconté l'avoir vu, et on a pris ces récits comme une illumination. La terre était sablée d'or, les plantes vert, or, opales comme l'aîle des scabées et brillantes. La mer, bleue et transparente, laissait au-dedans voir les lichens suspendus aux rochers, brillants de toutes les couleurs du prisme. L'arc-en-ciel, comme une frange, bordait les contours de la terre. Ce sublime spectacle, qui me révélait le prisme partout, m'a amené en le cherchant à le voir sur la mer, dans le ciel, dans l'eau, le feu, les plantes dans de la bave de limace, etc., etc. En semant de la graine blanche, n'obtient-on pas une variété de couleurs? il faut qu'elles y soient pour se reproduire.

J'engage les peintres à étudier cette question et à se rendre mieux compte de l'arc-en-ciel.

[2] Cela se voit sur la plage du Tréport en suivant la marée descendante, et même sur d'autres plages. J'y ai vu des bouquets de feuilles de caltapa, dix fois plus grands que nature, parfaitement dessinés. Cet arbre n'existait pas dans la contrée.

6

Laissant quelques instants ce trait mystérieux.
Et l'homme se demande à quel but ces merveilles,
Est-ce pour le confondre ou suspendre ses veilles.

XI

FEUX DE SAINTE-ANNE

Dans ces mers de la zône ou le ciel est en feux,
Un non moins grand spectacle est présent en ces lieux.
Un vaisseau sur les flots que l'océan balance
Voit tout à coup les bords de sa voilure immense
Entourés par un feu semblable aux papillons,
Incertains dans leur course, en zig-zag et par bonds
Dessinent leur chemin; ainsi ces feux mobiles
Etincellent partout, et leurs fureurs agiles
Paraissent provenir de l'électricité,
Et du phosphore ému par sa vivacité,
Il veut se retenir aux câbles, aux voilures;
Concentre ses efforts à ces faibles toitures.
Au souffle de Sainte-Anne il fuit épouvanté,
De ces brillants flambeaux aucun mal est resté.
La blancheur de la voile a gardé son empreinte,
Avec l'aîle du vent la trace s'est éteinte.
Flamme mystérieuse, hélas! d'où venez-vous?
Sortez-vous de la mer en ces climats si doux?
Quelle est l'attraction au sein de ce navire
Qui presse votre flamme et vers lui vous attire,
Bondissante, éperdue, embrassant tout son corps,
Vos baisers innocents effleurent ses sabords.
Vous n'êtes pas la fille et la sœur du tonnerre,
On ne vous voit jamais vous mêler à la terre.

La flamme que le ciel lance dans son courroux,
Détruit ce qu'elle touche et frappe à chaque coups ;
Et par un bruit affreux annonce sa présence ;
Les humains effrayés écoutent en silence
Et la mer en fureur répond aux cris des cieux
Par des gémissements et des plaints douloureux.

XII

L'ŒUF

Mais qui du blanc de l'Œuf [1] explique la structure [2]
Et la forme donnée à son architecture ?
Qu'est-il de plus commun, plus digne de mépris,
Et bon pour occuper les plus chétifs esprits ?
Ce jaune si petit à sa maison ovale,
Pourquoi n'est-ce pas rond ? Son atmosphère égale
Dans cette étroite enceinte enfermée aisément,
Aurait pu soutenir le jaune également ?

Vous critiquez cet Œuf, modèle de la terre,
A ses pôles Nord [3], Sud, sa coquille hémisphère
Limite son espace et son isolement.
Par cent portes, sa coque absorbe absolument,

---

[1] L'homme ne saura jamais comment un Œuf est fait ; cassez-le, le blanc est décomposé, cuit il est pierre.

[2] Le blanc de l'Œuf est son atmosphère ; à la forme de la coquille on connaît l'Œuf qui donnera des mâles et celui qui donnera des femelles. L'Œuf n'est-il pas une merveille ?

[3] En approchant le bout d'un Œuf de sa langue, on s'aperçoit facilement du côté nord et du sud.

Qu'il reçoit du soleil, une heureuse influence.
Un voile blanc et fin, dont le rôle et l'agence
Est de recevoir l'air, ou tout autre élément
Qui doit entrer, sortir, doit préalablement
A ce rideau portier, demander le passage.
Si le blanc était mât, compact, à quel usage
Ces pores employés? Il doit examiner
L'électricité, l'air, l'eau pour faire germer,
Le liquide étranger, que le jaune assimille,
Et cette humidité que la chaleur distille.
La cervelle en la tête n'est-elle qu'un caillou?
Non. Elle se détale, et l'air autour de tout
Semblable au blanc de l'Œuf, laisse passer lumière,
Electricité, pluie, et tout ce qui confère
Notre monde est un Œuf[1]. Ce petit univers
Se brise devant lui, la raison du pervers.

Le tissu de nos corps s'appelle cellulaire,
Semblable à nos tamis, chaque trou, c'est la chaire
D'un poil, ce percepteur porte l'impression
Au-dedans, introduit, reçoit sensation
De douleur, chaleur, froid, nécessaires à l'être.
Mais par un corps épais, si cette chair s'empêtre
Ou cette coque, l'air, la chaleur, élément
Indépendant, étouffe et tue également,

---

[1] Le blanc de l'Œuf doit être comme notre atmosphère un tissu à mailles, dont la pierre annulaire donne une facile idée; dans quelque sens qu'on la coupe, elle représente toujours des anneaux. Il faut bien qu'il y ait des tuyaux dans ce blanc pour que le jaune perçoive le germe, qui est fort gros et tous les éléments qui arrivent à ce jaune, qui est foyer, principe, avenir qui absorbe le blanc qui d'abord est son revêtissement, quand il est dans sa nature primitive.

La chair induite ainsi, devient inanimée,
L'Œuf ne se peut couver, chaque porte est fermée.
Il peut, lui, cependant, longtemps se conserver,
Ses pores dégagés, il va se ranimer.
La mort en isolant, rend les corps en matière,
Qui ne forment bientôt qu'un amas de poussière [1].

XIII

UNIVERS CÉLESTE

Ces mondes échappés des mains du Créateur
Et roulant dans l'espace à l'ordre de l'auteur,
Semblables à cet Œuf [2], au milieu d'atmosphère
Roulent en leur prison, leur éternelle sphère [3].
Variant de volume et souvent d'épaisseur

[1] Les Brames regardent l'Œuf avec la plus grande vénération ; c'est le taton, type de la nature entière.

[2] La forme elliptique donnée à l'Œuf l'a été afin d'augmenter la force des pôles pour soutenir le globe. Si la forme n'est pas semblable aux deux bouts, c'est pour que les rayons de cette force ne se rencontrent pas directement, mais se confondent sans se heurter. Quelle raison il y eut-il eue d'y placer ces amas de glace ? C'est un besoin de force d'attraction sur un corps en mouvement. Comment le maintenir dans ce centre avec une force égale ? Elle se serait annulée d'elle-même, le globe se serait déplacé du centre. Ne tient-on pas une boule entre deux doigts ? Ne peut-on pas l'y faire tourner, C'est ce que fait le globe ou le jaune de l'Œuf entre ses deux pôles.

Il est probable que le mouvement annuel et le mouvement diurne ne sont par produits par la même chose, le mouvement diurne est propre à la terre ou au jaune de l'Œuf qui est couvé. Le mouvement annuel à l'atmosphère. Les deux mouvements nous semble provenir d'une seule cause, fante d'avoir connu la constitution de notre planète.

[3] La pierre annulaire peut aussi donner l'idée du système céleste.

Leur courant les entraîne avec leur pesanteur.
Alors de satellites on leur voit une escorte
Soit pour les dominer, soit que d'eux il ressorte
D'autres gaz absorbés par les astres voisins
Qui vivent aux dépens de ces grands citoyens.
Et leur course, autour de ces grandes planètes,
Ressemblent aux petits, ils vivent de leurs restes.
Et ce tout infini qui se meut dans le ciel,
Ne diffère d'un OEuf, a le même appareil[1].

Qu'un cent d'OEufs soir cassé, ce n'est qu'une omelette,
Placez-les l'un sur l'autre et dans leur assiette,
Et d'un corps les touchant, recevant l'impression,
Chacun selon sa force ira rouler en rond.
Les OEufs des pierrots s'appelleront la lune,
Le mouvement des gros entraîne en sa fortune
Ces OEufs ronds de pygmés selon l'attraction,
Autour d'un Jupiter bientôt se placeront.
Jupiter, en ce cas, sera l'OEuf d'une autruche,
Uranie est le nom pour celui de perruche.
Notre terre prend rang parmi ceux de perdrix,
A ceux de l'oiseau mouche accordons quelque prix,
Ce sera notre lune en sa ronde atmosphère.
Et pour mieux compléter cet immortel mystère,
Remarquez que la place entre ce firmament
Est celle nécessaire à cet autre élément

---

[1] Il n'a pas encore été donné une explication satisfaisante de l'ensemble du firmament, et je crois que la définition que j'en donne mettra tout le monde plus à même de concevoir le système céleste, qui, tout compliqué qu'il est pour nous, prend une certaine clarté.

Qui passe en une flamme et va donner la vie
A tous ces corps épars dans la route infinie ;
Et changeant en chemin, et de forme et d'aspect,
S'appellera Comète. Et son emploi direct [1]
S'exerce sur tous corps. Critiquer sa conduite,
C'est par de faux fuyants et qui n'ont pas de suite,
Nul ne peut à raison donner un autre emploi
A ces astres errants, resplendissants de soi.
Vouloir à Mars ôter sa virile atmosphère,
C'est le fait d'un plaisant qui n'avait rien à faire.

XIV

L'AIMANT

Mais l'attrait magnétique a principe l'Aimant [2].
Parcourt ce centre rond en son fluide élément.
Retirer à l'Aimant sa puissance attractive,
Nier le magnétisme et l'initiative
De cette force occulte et qui nous tient debout,
Qui complète et parfait les rayons de ce tout.
Principe fluide et fixe et qu'aucun froid n'étonne,
Qui tire à lui le fer, l'agite, l'aiguillonne ;
Détermine du pôle et le Sud et le Nord
Qui se trouve en un OEuf, vient frapper à son bord.

---

[1] En septembre dernier, lors de l'apparition de la soi-disant Comète, le révérand père Jésuite, dirigeant l'observatoire de Marseille, mettait cette note dans les journaux : « Cette Comète n'a pas de noyaux. » C'est donc un foyer d'électricité.

[2] L'Aimant est un fluide magnétique qui ne dépasse pas une certaine hauteur de niveau de la terre, tandis que l'électricité parcourt l'espace, entre dans notre globe et les autres planètes ; l'électricité est partout.

Si ce n'est pas l'Aimant, quel effet détermine
La même cause ici, quelle est son origine?

D'un principe de fer, chaque corps est nourri,
A cette autorité tout le corps obéi.
Quoi le tient attaché sur son socle de pierre
Pour qu'il s'identifie à sa propre matière?
Quel est donc ce lien, si ce n'est pas l'Aimant?
Quelle perte le corps fait-il au changement
D'atmosphère, et dans l'air ou son dessein l'emporte?
La perturbation vers terre le reporte.
Quoi qu'un même principe existe en l'unité
Il n'aquit de lui-même une diversité,
Où notre esprit s'égare, il court après une ombre,
Laisse la vérité dans le coin le plus sombre,
Ebloui par l'orgueil, trop confiant en lui,
L'esprit au lieu du jour n'apperçoit que la nuit.
Mais vouloir expliquer ces vastes phénomènes,
C'est révélation, plutôt que par problêmes.
Quand l'homme a deviné de quelqu'astre le cours
Découvert une étoile, et brille quelques jours,
Que sait-il pour cela de la brillante armée,
De mondes se pressant dans la voûte enflammée.
Quelle planète d'ailleurs assez proche de nous
Pour donner une idée et rien plus après coups.
Bornons notre savoir à notre obéissance
Et recevons d'en haut avec reconnaissance
Ce que dans sa sagesse il laisse apercevoir,
C'est pour nous exciter à le mieux concevoir.
Quel bien en tirons-nous? Le plus savant l'ignore.
Nul ne sait comment vient l'épi que soleil dore.

XV

LE SOLEIL

Cet astre radieux qu'on appelle Soleil,
Quoi l'homme connaît-il de son vaste appareil ?
Il fut d'abord le dieu qui reçut son hommage
Depuis qu'il n'est plus dieu, connaît-il davantage.
L'un veut dans son erreur, voir son centre habité,
Quels animaux admettre en sa chaude cité?
Ce centre est le principe et le tout en rayonne,
Ses rayons sont le feu, que chaleur actionne.
Il s'épanche par eux, le centre les retient,
Et s'établit entr'eux l'éternel vas-et-vient.
Ce travail incessant est principe de vie,
C'est lui qui l'entretient, son ardeur la nourrie.
D'un double mouvement, reçoit l'impulsion,
Et dans l'espace exerce une rotation.
Chaque Soleil se meut dans sa ronde atmosphère,
Et ses bords effleurant les bords d'une autre sphère
Produisent les vapeurs que l'on voit très-souvent
Quand l'atmosphère est claire, et paraissent devant.
Le soleil en son cours détermine l'année,
Et du matin au soir se compte la journée.
C'est à son influente et puissante chaleur
Que l'électricité commence son labeur;
Lien mystérieux qui réjouit la terre,
Son principe se cache en quelqu'autre hémisphère.

XVI

SIMILITUDES

Chaque fleur en son sein a pour se féconder
Un pistil, plus, autour se dresse pour fonder
L'étamine. Le nombre en varie, et la plante
A par ce phénomène accompli son attente
Sans le pistil la fleur voit la stérilité.
Sans lune, sans soleil, point de fertilité.
Notre terre est semblable à toute autre corole,
De pistils, d'étamine ouvrant leur auréole
Aux émanations d'un besoin inconnu
L'homme accomplit sa tâche et s'en retourne nu.

XVII

DES COMÈTES

Dieu sema dans l'espace, en outre des planètes,
Des lunes, des soleils, sont matières concrètes.
En nombre relatif au noyau principal
Et tourne autour de lui, chacun d'un pas égal.
Leur pistil se féconde et la terre s'anime
Et sur ces mondes font ce que fait l'étamine.
Et la rotation d'un milieu donne cours
Soit à l'éloignement, à la longueur des jours.
L'électricité, mère éternelle de vie,
Va, vient, parcourt l'espace et le revivifie.
Pénètre la matière et brille au firmament,

Et sous la main de l'homme obéit en passant.
Méconnaissant sa tâche, on l'appela Comète.
Sa flamboyante trace étincelle, projète,
Ranime des soleils le foyer condensant
Et traverse des airs le fluide obéissant.
Mais ces mondes semés comme en la mer les sables
Dans leur rotation sont quelquefois capables
D'un léger dévoiement. L'atmosphère cédant
Sous ce poids étranger; un choc est évident;
Dérange l'équilibre, et dans sa chûte entraîne
L'univers. Car le tout, chaque partie enchaîne.
Entre chaque atmosphère arrive à temps égaux
Les astres destinés au maintien des nivaux.
Des siècles pour retour! l'éloignement indique
D'un immense voyage ils ont pris la pratique,
Et par la profondeur de l'immense vallon
Réalisent les mots du grand roi Salomon :
« D'étoiles sont autant dans la voûte éthérée
» Que de grains fin sable en la mer azurée. »

XVIII

DES GROTTES

De ce globe avez-vous franchi les profondeurs
D'un ténébreux séjours affronté les horreurs.
Suivi d'une forêt l'ombre mystérieuse
Qui conduit sans sentier dans la forêt ombreuse
Les feuilles que le vent souffle, accumule au coin
Qui devait enseigner le chemin au besoin.
La terreur vient au cœur, on a passé la sente,

Au loin des loups hurlants, vous glacent d'épouvante,
On cherche avec angoisse une issue, un poteau ;
A l'endroit dépassé se voit un écriteau ;
L'herbe foulée auprès ramène à l'ouverture
Dans ce passage étroit, sans droit d'investiture,
On n'entre qu'en rampant, mais de flambeaux armé
On oublie à l'instant le danger, et charmé
Du spectacle qui s'offre autour des murs qui brillent,
Couverts en Stalactites ou les flammes scintillent
Dans ces prismes aigüs, taillés en diamant,
En des boîtes d'écrins les murs se transformant,
Des monuments de morts, sépulture inconnue,
De quels anges, quels dieux rappellent la venue.
Et cet autel dressé de quels noms, à quels cieux
S'adresse le Génie enfermé dans ces lieux ?
Une grotte [1] en cristal, des colonnes ornées,
Qu'elles furent les mains qui les ont décorées.
La colonne s'unit, s'accouple, et par deux, trois,
Ce nombre se répète à trois ou quatre fois.
Tous ces cristaux taillés, ces prismes en aiguille,
Aux lueurs des flambeaux leur flamme rouge oscille,
Raniment par leurs feux cet humide palais.
On demande la Nymphe? Et qui de ses souhaits
A trahi le secret. Parmi ces vastes salles
Se trouvent des bassins que garnissent des dalles.
Là, des eaux que jamais n'a troublé le zéphir
Ni la barque amarrée aux portes du plaisir.
Cette eau calme et tranquille, à surface limpide,
Cache à l'œil le dégoût de son goût insipide.

---

[1] Cette grotte est à Saint-Pons-Tommière département de l'Héraut.

Un poisson inconnu, ce domaine habitait ;
La clarté des flambeaux que son œil recherchait
Annonce l'aptitude, et cette nuit sans doute
N'est pas sombre toujours, éclairé dans sa route
Par sa propre lumière, il produit des éclairs
Qui reflètent dans l'eau puis éclairent les airs ;
La Staglamite en est peut-être aussi frappée,
Son électricité s'en est développée.
La clarté qui surgit trompe l'obscure nuit
Des ombres habitant cet immense circuit.
A divers monuments sont des femmes assises,
Debout, un piédestal leur peut servir d'assises[1].
Ailleurs c'est un palais aux immenses salons,
Dont cent pieds en tous sens mesurent les plafonds.
Dans un large bassin un jet d'eau jaillissante
Ne trouble point la paix de sa voix mugissante.
Plus loin se voit l'église aux gothiques arceaux,
Dont les murs décorés d'innombrables rinceaux
Montent capricieux. L'orgue rampe aux murailles
Qui n'entendit jamais ni marteaux, ni tenailles,
Ni la voix du pasteur dans la chaire à prêcher,
Ni l'heure de midi retentir au clocher.
Là se dressent des bancs et le fauteuil du diable,
Cet imposant spectacle est inappréciable.
Et dans ces profondeurs un puits mystérieux
Cache son eau croupie à mille pieds des cieux,
Cependant au milieu de toutes les ténèbres
De ce palais bâti dans ces voiles funèbres,
Il se voit un plafond comme un ciel étoilé

[1] Cette grotte se trouve auprès de l'Ohio, aux Etats-Unis.

Où brille une comète au rayon dévoilé.
Ainsi loin des humains, se forme sous la terre,
Les modèles des arts que mesure l'équerre.
Ce merveilleux travail, l'infiltration d'eaux
L'a produit en ces lieux. Mais de ces grands travaux
Qui donna les dessins, qui fut leur architecte ?
Quel compas a tracé cette forme qu'affecte
Ce palais, labyrinthe aux détours dangereux [1]
Préparé par quel ange au séjour ténébreux [2] ?

XIX

LE DÉSERT

Ces Déserts de fin sable en la brûlante Afrique
Que le simoun soulève, a peine quelque crique,
Offre un abri douteux à l'animal surpris ;
Aussitôt qu'il le sent, se couche et fait des cris.
Spectacle grandiose ! effrayant, redoutable,
Le vent aspire, tourne en spirale ce sable,
En pilastre d'albâtre et brillant de clartés,
S'avançant, s'accouplant, rapprochés, écartés,
Semblables aux éclairs qui frappent, qui renversent
Ce qui du sol dépasse en hauteur, et déversent
Leurs brûlantes fureurs jusqu'à l'épuisement.

[1] Il existe aussi des baignoires carrées remplies d'une eau claire où l'on se baigne ; la température de certaines salles est réputée bonne pour les maladies de poitrine.

[2] Il y a des grottes dont les poissons sont aveugles, à ce qu'on suppose, ou qui ont une peau qui recouvre cet organe.

Le ciel qui projettait du sang, va doucement
De tons plus adoucis, voir la couleur rougeâtre
Reprendre de la nuit, une teinte bleuâtre.
Et ces lustres du ciel, aux brillantes clartés,
Tous ces astres sans nombre, et sans doute habités,
L'obscurité s'enfuit. Etoiles flamboyantes
Du beau ciel de l'Afrique. Oh ! beautés ravissantes
Pour l'âme qui s'élève, admire l'infini
Et ce temple sans borne à nom indéfini.

Dans ces vastes Déserts, partout la mort domine,
Pas un arbre au soleil ne balance sa cîme.
Les heures en fuyant ne laissent rien tracé
Sur ce sable mouvant tout trait est effacé.
Les cris des animaux troublent seuls le silence
De sourds mugissements annoncent la présence
Du Lion. Dans ces lieux est la race féline
A l'œil rempli de feux à mobile rétine [1].
Le Tigre, la Panthère y trouvent un réduit,
Vont chercher leur pâture à l'ombre de la nuit,
Guidés par l'odorat, ils parcourent l'espace,
Ce temps frais du repos est celui de leur chasse.
La Panthère avec soin explore le pays,
Guette, écoute, se cache et s'élance sans cris
Sur l'animal surpris que sa faim convoitise,
L'étrangle, le déchire et sa fureur s'épuise
En se rassasiant. Quelque bruit trouble au loin
Le repos du Désert. Elle fuit, n'attend point.

[1] Toute cette race, y compris le Chat, voit dans l'obscurité ; la rétine de l'œil est ronde à minuit et comme en raie à midi, ce qui peut indiquer l'heure.

Je pourrais aussi décrire ces Mirages,
Mensonges officieux, qui fait voir des images
D'objets très-éloignés : c'est une nappe d'eau
Qui miroite ou arrive... et c'était un appeau,
L'affreuse soif trahie, elle sèche, déchire,
Fait périr au Déssert. Le sable qu'on respire
N'est pas moins redoutable, il faut s'envelopper,
Par terre se coucher, espérer d'échapper[1].

Le Chameau du Désert, grâce à l'eau de sa poche
Se retire vivant, il vide sa sacoche ;
Et de ses larges pieds, foule le sable blanc.
L'Autruche vole et court, comme un cheval alezan,
Et ramasse en courant, des cailloux qu'elle lance
Contre ses poursuivants, c'est sa seule défense.
Son délicat plumage au luxe destiné
Attire les chasseurs au dard empoisonné.
La Girafle, le Zèbre et la douce Gazelle
Sortant de ce danger, chaque compagne appelle,
Se rallie et se compte, il manque à l'appelant
Plus d'une voix. Mourir suffoqué, tout sanglant,
Hé ! c'est toujours mourir ! Ainsi tout se termine.
Ce Destin est prédit. En vain l'homme examine
Le pourquoi ? Le sait-il ? Le saura-t-il jamais.
De la mort qu'attend-il ? Un retard, des délais.

Tout ce qu'à fait ce Dieu, si grand, si redoutable,
Est bien. Dans ces Déserts, la liqueur délectable

---

[1] Les Egyptiens sauvent les personnes asphyxiées par le sable en les baignant.

De la noix de Coco, le régime du Palmier[1],
L'arbre à suif, l'arbre à pain, à beurre, le Cirier,
L'arbre à lait, l'Olivier, et la figue sauvage ·
Et les fleurs en cornet vous offrent un breuvage,
Une eau claire et limpide, et ce don de la nuit
Que verse la rosée à l'aurore qui fuit.
A peine si l'aurore effleure cette terre
Sans vapeur, le soleil aborde l'hémisphère,
Paraît, répand ses feux, passe resplendissant
Sur la terre sans ombre, et tout éblouissant.

Pour soulager le corps des sources minérales
Jaillissent de ce sol, offrent leurs eaux thermales,
Et les sables brûlants guérissent les douleurs
Que le vent du simoun apporte aux voyageurs.

XX

LE VENT

Si du vent la puissance est extraordinaire,
Quel moteur, quel agent est son auxiliaire?
Et de quoi sont les gaz qui composent le vent?
A-t-il une caverne, est-il un élément?
Il boulverse la mer et l'envoie en la plage,
Arracher les rochers, ces bornes d'un autre âge,
Puis aspire ou soulève. Et ces sables mouvants
Encombrent le passage aux nombreux arrivants.

---

[1] La grappe s'appelle régime.

Les fleuves à leur tour, sur tout le sol s'épanchent,
Et leurs eaux débordant, tous les terrains s'étanchent.
Mais bientôt se pourrit et l'avoine et le foin,
De fétides odeurs se répandent au loin.
La fièvre, précurseur des autres maladies,
Se prélasse en des lieux ou s'altèrent des vies.
Mais si de l'Aquilon le souffle impétueux
Vient à se promener sur ces marais fangeux
Où les miasmes épais s'étendent et se cachent,
Entrent dans les maisons, aux vêtements s'attachent,
Quelque soit leur effort, l'élément bienfaiteur
Balaie, et disparaît toute la puanteur.

L'AUTOMNE

I

L'Automne aux soirs brumeux s'avance vaporeuse
Et l'amour dans son sein réchauffe la frileuse.
Vers la fin des beaux jours, avant que l'aquilon
Ait soufflé la jonchée en la sombre saison;
Que sur l'herbe des prés sont les fils de la vierge,
S'étendant près des eaux, rayonnant sur la berge,
C'est la liqueur féconde en certains animaux
Dont nous ne connaissons que les matériaux.

Il est divers poissons aux vents froids de l'automne
Qui, poussés par le temps, arrivent en colonne
Vers la mer tempérée, y déposent leurs œufs.

11

LES ANGUILLES

Les anguilles[1] d'eau douce à ce mois nébuleux[2],
Descendent des ruisseaux et là se réunissent
En boule au bord des mers, se serrent, s'étrécissent,
Et la vague arrivant l'emporte aux profondeurs,
Puis le flot prend la boule, il la lance en fureur
Sur les rochers à pic qui bordent la falaise;
L'échauffe, la déchire, et l'écume la baise,
Balottée, harcelée, et tombant en morceaux.
Cette boule vivante écarte ses lambeaux.
Sortant de cette épreuve anguille est fécondée,
Retourne à la rivière à sa vie accordée.
Parmi les animaux, de même parmi nous,
Quelqu'un fait pour autrui, ce que font les coucous.
Et l'anguille étant donc d'une froide nature
A besoin d'un lieu chaud pour sa progéniture.
Un poisson va servir à déposer son bien,
Dans ce nid étranger deviendra citoyen;
Le logeant tout auprès de l'étroite cervelle,
Naît et pousse et grandit cette longue pucelle.

[1] L'anguille doit être vivipare; le vieux pêcheur qui les a observées 50 ans n'a jamais vu d'œufs.

[2] Le mois de novembre.

III

LE CERF

Mais le Cerf est en rut, il brâme sous le vent,
Il relève la tête, il aspire. Et bravant
Le danger des chasseurs, il court... et sur la terre
A peine laisse-t-il deviner sa carrière.
Les effluves d'amour arrivent avec l'air.
Il les sent, les poursuit, et frissonne sa chair;
Le poil de son collier se hérisse, se dresse;
Son bel œil tout en feu scintille d'allégresse,
Il s'arrête... il écoute... et l'oreille à ce bruit
Se relève, s'écarte, est-ce bien elle qu'il ouït.
C'est elle!... et d'un rival il aperçoit l'ivresse
Sur ses pieds de devant, pesant avec adresse,
De sa haute ramure il présente le front.
En Cerf vieux de dix cors, il fond tout d'un seul bond.
Le combat furieux, la fureur sans égale,
La victoire ou la mort frappe sans intervalle,
Cette nouvelle Hélène est le prix du combat.
C'est le droit du vainqueur, il s'en emparera;
Il la doit à sa force, et sa progéniture
Conserve la vigueur de sa belle nature;
Il ne verra pas naître un rachitique enfant,
Opprobe de sa race, indigne de son sang.

L'HIVER

I

Le ciel s'est obscurci, la très-courte journée
Semble assombrir encor le temps froid de l'année.
Pourtant chaque saison a travail et plaisir ;
Avec espoir on sème et l'on voit réussir
Grandir, fleurir, mùrir l'épi que faulx moissonne.
La serpette vendange, et des pampres l'automne [1]
Voit les vives couleurs. Les fruits du maronnier,
Du dattier, du poirier, l'olivier, le figuier
Par nature se prêtant aux meilleurs conserves
Promettent pour l'Hiver de très-bonnes réserves,
La ménagère y doit apporter tous ses soins.

---

[1] Etant à Mireflours, département du Puy-de-Dôme, une femme vint me consulter pour son mari et ses enfauts qui avaient la galle ; le mari avait passé quelque temps à Paris pour se faire guérir et était redevenu malade. Je lui conseillai un bain de feuilles de lauriers rose, elle revint me dire qu'il était impossible de s'en procurer. La pensée me vint de lui faire faire des bains de feuilles de vigne cuites. L'essai a parfaitement réussi.

Chaque pays doit, à mon avis, produire ses remèdes comme il produit ses maux.

Préparer à l'avance et prévoir les besoins
Pour la rude saison, de repos, de chômage.
Du lait de ses brebis on fera du fromage.
On donnera ses soins au petit agnelet
Qui vient de voir le jour à l'abri du châlet,
L'époux et ses enfants apprêtent pour la glace,
L'un ses patins d'acier, l'autre un fusil de chasse,
Le raisin au pressoir avec ardeur pillé,
En vin doux, généreux, voit son jus distillé.
L'olive fournit huile, elle nourrit, éclaire
La lampe de veillée. On mange au luminaire
La pomme savoureuse. A ce feu reluisant
Se livre la châtaigne, écarte en roussissant
Sa brune et lisse écorce, et de sa jaune amande
La fécule sucrée, au cidre qui s'amende
Peut très-bien se mêler. Dans sa maison de bois
Que le chaume a couverte, on déniche la noix.
L'amande qui se prête à fine friandise,
Se mélangeant au sucre, au miel, la gourmandise
A pu lui reprocher plus d'un cas de péché.
Et des lointains climats, n'est-il pas dépêché,
Le chocolat, le thé, le café qui pétille
Plein d'électricité. Puis la flamme scintille,
Bleuâtre sur le rhum et le sucre enflammé.

Que biens! que de dons! Mais pour l'homme affamé
De coupables projets, par trop de jouissance
De savoir être heureux, il perd la connaissance,
Et livrant son esprit à d'immondes désirs
Par la satiété quitte les vrais plaisirs.
Récompense assurée à la vie innocente
Qui se plaît dans le bien et de peu se contente.

II

POLE NORD

Si vers le Pôle Nord, se porte au loin la vue,
D'un spectacle magique, on sent son âme émue.
Ce n'est pas la beauté du règne végétal
Qui ne peut résister à ce vent boréal.
D'un calme et doux plaisir on a la jouissance
De celui qu'on ignore, on ne craint pas l'absence.
Quand au soir, le ciel s'ouvre, et laisse apercevoir
De son immensité, le vaste réservoir,
Une blanche lueur, comme de blanches voiles
Fait découvrir aux yeux plus d'un million d'étoiles
Qui projètent des feux, sur la neige d'argent.
Bientôt en rose vif, l'horison se changeant
Au reflet du ciel vient rougir la neige blanche.
Ses paillettes d'argent qui sur le rose tranche
De ce tableau si frais, le coup d'œil enchanteur,
Fait oublier du froid la terrible rigueur.
Ce superbe spectacle interrompt de leur vie
Le calme habituel et sa monotonie.
Cet inconnu prodige au brûlant Pôle austral
Est le charme ingénu du Pôle boréal.
Cette Aurore enchantée et le doux crépuscule,
L'Islandais les préfère aux colonnes d'Hercule,
Admire en ces beautés l'intelligente main
Qui créa l'univers et fit le genre humain.

Décrira qui pourra cette glace éternelle
Qui scu'pte, qui bâtit, comme fait Praxitèle.

Ces tours, ces cloches, ces palais et ces châteaux,
Ces colonnes, ces fûts avec leurs chapiteaux.
Cette église gothique, à toiture en dentelles,
Dressant sa campanille au-dessus des chapelles.
Se cache des rochers la sombre aridité,
Mais des banquis glacés par le vent agité.
Puis les paillettes d'or, et dont l'éclat oscille,
Et les couleurs du prisme en la glace en aiguille
Se jonche cette neige, en brillants diamants.
Fanent, passent les fleurs, mais sont toujours charmants
Les bijoux de la glace, aux couleurs éternelles,
Ne parent que la neige, et par elle, sont belles.

Voyez ces animaux, qui, nés pour ces climats,
Animent de leurs jeux tous ces panoramas.
L'Ours, le Phoque, l'Elan propre à la nourriture,
Le Renne offre son lait, et servant de monture
Des steppes ce coursier au traîneau s'attachant,
Sur la neige glacée, hardiment s'avançant,
Sur le sol de son pied, laisse à peine l'empreinte,
Et quand de son parcours la limite est atteinte
Pour toute nourriture, il cherche avec son pied,
Sous la neige gelée un lichen estropié.

Le Lapon découvrit, de la distillerie
La recette, et du lait, sut tirer l'eau-de-vie.
A ce peuple du Nord, une utile boisson
Pour ranimer le sang, est devenu poison
Au faible habitant de la zône tempérée
Qui trouve en son excès, la mort prématurée.

Parfois de ces climats, quand des froids la rigueur

S'annonce plus terrible, évitant sa fureur
Le Lemning fuit ces lieux, et la troupe, à la hâte,
Pour un ciel plus clément, se prépare, se hâte.
Abandonnant leur gîte, et quittant Orméa,
Va passer cet hiver aux foyers de Lula,

De l'ordre et de l'instinct de ce Rat économe [1]
Faites votre profit. Par ses soins rien ne chôme;
Pour chaque grain, racine, il fait un magasin,
Tous les jours examine, épluche son lupin,
Ramasse au bois, des glands, des faînes, la noisette;
Voit fuir loin du logis la cruelle disette.
Des étés pluvieux, prévoit l'invasion
Et qui remplirait d'eau toute provision.
Dès le printemps en ligne, il quitte sa tannière,
Et sans quitter la ligne, il passe la rivière
Ou la mer au besoin. Il en périt beaucoup
Dévorés des poissons; les oiseaux à grand coup
De bec, fondent sur eux; de cette grande troupe
Au retour, il en reste à peine quelque groupe.
Ils ont fait deux mille trois cents miles en rang,
Courant, nageant, mangeant, voit octobre échéant [2].

La Loutre, le Renard, le Rat musqué, l'Hermine,
La Martre au poil d'or brun, pour sa beauté s'estime.
On voit peu de petits aux nobles animaux,
La nature se réserve aux êtres les plus beaux.

[1] Le campagnol économe.
[2] Ils sont de retour en octobre.

A l'un c'est le plumage, une belle fourrure
Devient un objet rare en sa progéniture.
Des martres, de l'hermine est né l'enfant royal
Parmi les animaux de la race animal.
Leur dépouille s'ajoute au pourpre, au diadême,
Le roi s'en revêtit, la reine fait de même.

L'Eider près de la côte établissant son nid,
S'arrache le duvet que son ventre fournit
Pour couvrir ses enfants. La petite nichée
A l'abri de la brise en son doux lit couchée
Attend paisiblement que les vents adoucis
D'une plus douce haleine effleurent les banquis.
Alors aura grandi la petite couvée,
Et de chercher son pain commence sa corvée.

III

L'UNITÉ

Par des traits différents on reconnaît les races,
Les siècles ont passé sans effacer les traces.
Le vrai juif se distingue au milieu de kalmouk
Dont le nez écrasé fait souvenir du knouk.
Si le grave Arménien s'éloigne du Caucase,
Autant fait le Lapon; chaque race se case
Ou reste aglomérée en forme de tribus,
L'un se rase le poil, les autres sont barbus.
Pourquoi ces différents? Pour les goûts, le langage
Et les mêmes objets ont un tout autre usage.

Ces visages cuivrés, ces épaules de jaî,
Sont-ils nés de la mère à la peau blanc de lait?
Nous chercherions en vain. D'une folle chimère
A l'homme trop souvent, elle n'est étrangère;
Quelque tête étourdie a rêvé l'unité
Qui n'existe qu'en Dieu, non dans l'humanité.
Sous les dehors trompeurs de charité profonde,
Ne cherche qu'à duper, bouleverser le monde
Par le trouble et le doute en parlant fusion,
Est l'endroit le plus clair de leur invention [1].

IV

L'AME

Mais l'Ame, cette flamme infinie, immortelle,
En sortant de nos corps en quel endroit va-t-elle?
Emporte-t-elle aussi sa science là-bas?
Ce travail d'une vie avance-t-il d'un pas
Cette Ame initiée à la gloire céleste?
Car sa vie ici-bas, de l'autre manifeste
La durée et l'éclat. Le travail éternel
Change en forme et d'aspect en son tout graduel.
Tout ce qu'on fait ici n'est qu'un apprentissage
Pour initier l'Ame, élever son courage.

Franchissant dans son cours un monde tout nouveau,
Cette Ame ne sait pas où Dieu mit son berceau.

[1] Mahomet, Luther, Calvin, etc., etc.

Elle oublie au départ de ce lieu la misère
Et s'épure et gravit vers un autre hémisphère
Et selon son essence et son attraction.
Elle trouve sa route et sa position,
Comme un parfum subtil s'épanche son mérite
Devant le Tout-Puissant et s'y réhabilite.

V

RÉSUMÉ

Chaque climat jouit de bien particulier,
Mais l'homme indifférent, quoique bénificier
Aux dons, comme aux bontés, a négligé le Maître
Qui répandit à flots le bonheur sur son être.
« Il dit dans son orgueil : tous ces biens me sont dus,
» Les prix de ma sueur trop longtemps attendus. »

En vain par son labeur et son intelligence
L'homme cherche à nouveau, s'aidant de la science,
A perfectionner animaux, plantes, fleurs,
Il ne fait que les rendre à leurs premiers auteurs [1].
Souvent l'expérience a de leur croisement
Démontré le danger, l'abatardissement
Des types primitifs ; et leur dégénérance
Est la docte réponse à leur folle imprudence.
Voyez au cimetière, aux os de nos aïeux,

---

[1] Les plantes ont dû naître dans le plus grand éclat au premier printemps ; comme beauté et comme parfum elles ont dégénéré, la culture les rétablit.

Ces crânes, ces tibias, combien c'est fort chez eux?
Et la lime du temps ose avec peine y mordre.
Les vices, les défauts, les plaisirs, le désordre,
Apposent leur stigmate et désignent leurs os.
Mais à peine aujourd'hui le ciseau d'Atropos
A-t-il rompu le fil, l'être se décompose;
Et quelques jours encor, il reste peu de chose;
Et sur cette poussière, on élève à grands frais
Un monument au mort, les cœurs sont satisfaits.

EXTRAIT

D'UN

Mémoire présenté à l'Académie des Sciences, en Juin 1858

LES ASTRES.

Tout corps a un rayonnement qui a plus ou moins d'étendue selon sa force et sa spongieusité. Le daguerrotype le prouve, l'ombre est la partie visible du rayonnement d'un corps attiré vers un point par l'attraction des essences déposées sur la plaque ou sur un papier. Dans l'œuf le blanc reçoit le rayonnement du jaune, les rayons arrivés à leur limite se bifurquent, s'adhèrent, se durcissent et forment les coquilles. Le blanc forme l'atmosphère dont le jaune est l'astre.

L'œuf est le modèle des astres et des planètes qui ont comme lui une atmosphère qui les enveloppe et les isole. Mais tous marchant et roulant dans l'espace il y a frottement sur les limites, si c'est l'humidité qui s'exhale, elle forme des nuages, si c'est la sécheresse, il y a poussière, nuage de poussière. Lors, il n'est pas étonnant qu'il y ait des nuages devant le soleil.

On se demande si le soleil est habité.

Je demande si le milieu d'un charbon qui brûle contient des individus?

Ce milieu est aussi bien principe de clarté ou de feu comme ses parois. Le centre est proportionné aux rayons qui doivent en sortir, avec la différence que la clarté est au dehors et l'obscurité au dedans.

L'atmosphère du soleil doit être ronde, parce qu'il est plus léger et que ses principes forment une unité, qui ne demande pas une force attractive pour maintenir l'équilibre.

La terre a deux substances, le liquide et le solide qui se combattent continuellement et nécessitent une force centrifuge et une concentrique, qui sont les pôles.

Comme toutes les planètes, soleils, constellations marchent, tout ce qui marche se déplace. On a observé, il y a peu d'années, que Mars s'était rapproché de la terre, preuve évidente du changement de place; mais le divin Créateur, qui a veillé à la conservation du ciron et de la nielle, a dû prévoir ces cas de déplacements, et il n'aurait rien fait pour que l'équilibre se puisse rétablir? Ce n'est pas conséquent.

Il existe donc des astres errants destinés à passer entre les atmosphères des planètes pour les rétablir chacune dans leur position.

Ces astres, que l'on nomme *comètes*, n'ont pas d'autre but, seulement il en est de deux sortes. Celles brillantes sont des noyaux d'électricité, qui viennent rétablir l'équilibre nécessaire à la vie de tout les globes. Ces foyers, susceptibles de se dilater, changent de forme à leur aphélie, dans le centre ils sont dans la plénitude de leur force et diminuent à leur périhélie.

Les comètes, qui doivent servir à rétablir l'équilibre, d'après les calculs des plus anciens astronomes, passent et reviennent en quelques années ou quelques siècles, d'après les calculs des tables chinoises. Il y en a qui ne reviennent qu'au bout de six mille ans et davantage. Peut-être le retour de celles-là a-t-il une coïncidence avec les déluges.

Dans tous les cas, elles indiquent de quelle profondeur doit être l'étendue de l'univers, en calculant d'après la rapidité de leur marche.

Nous devons encore penser que toutes les planètes ne sont pas éclairées de même, que l'anneau électrique qui entoure Saturne est un échantillon de la variété dans le savoir-faire de l'admirable Créateur qui se plaît dans la diversité pour prouver que rien ne lui est impossible.

Raisons des Progrès de la Décadence Morale et Physique de l'homme.

On se préoccupe avec raison de la déchéance de l'homme tant au moral qu'au physique, c'est particulièrement en France que l'on s'en aperçoit.

La Raison est toute entière dans l'oubli de la doctrine du Christ.

Cette religion n'a point eu pour seul but la prière et la sanctification, elle renferme dans ses dogmes la conservation de l'espèce humaine.

La vie de N.-S. J.-C. est la loi et l'exemple. Les hommes illustres, je dirai divins, qui ont établi cette doctrine, qui ont fondé ses dogmes, avaient le secret de cette vie, et ont cru ne pas devoir dire plus qu'ils n'en ont écrit. Ils n'ont raconté que la vie publique de J.-C.; de sa vie intime, ils ne disent pas un mot. Il y a lieu de supposer que N.-S. a dû entrer en explications avec ses disciples relativement à cette partie de sa mission, mais ces disciples étaient des hommes simples, qui ne se piquaient ni de philosophie ni de belles lettres.

Il est même présumable que certains passages n'ont pas toute l'exactitude désirable, vu que ces récits n'ont été écrits que long-temps après la mort de J.-C., et que les originaux n'ont point été conservés, ou qu'ils ont pu être mal interprétés ou mal traduits.

Jésus fut sur la montagne des Oliviers et jeûna pendant quarante jours.

Pourquoi ce jeûne à cette époque plutôt qu'à une autre.

Le Carême a été placé juste à l'époque où les animaux entrent en rut, où d'autres espèces mettent bas. Au printemps beaucoup d'espèces de poissons montent de la mer dans les fleuves; il commence à y avoir des végétaux propres à la nourriture de l'homme et qui sont purgatifs et susceptibles de chasser les humeurs du corps. Comme le reste de la nature, les hommes éprouvent un mouvement dans les humeurs; il y a une fermentation. L'abstinence de la viande, une nourriture plus légère est l'hygiène la plus simple et la plus rationnelle, les nouvelles plantes sont rafraîchissantes et purgatives, elles aident à l'écoulement des humeurs amassées pendant l'hiver.

Ce sont toutes ces raisons qui ont fait choisir ce temps par la Providence, pour le temps de pénitence de N.-S., ayant le double avantage du jeûne et de la prière, et par l'hygiène assurer la conservation de l'espèce. « Pendant quarante jours, l'homme doit s'abstenir de l'œuvre de chair, occuper son imagination, par la prière, la pénitence, et une nourriture moins substantielle.» L'homme ainsi préparé a amassé un trésor de forces pour la génération, l'enfant qui naîtra après cette époque sera sain et vigoureux.

Les temps de vigile et jeûne dans l'année ont le même but.

Les animaux féroces qui vivent de chair sont moins féconds que les herbivores.

Nos plus belles populations sont celles des bords de la mer, dont les maris font des absences.

Les hommes des villes n'ont aucune idée du devoir de la procréation, le plus grand et le plus noble devoir; c'est continuer l'œuvre de Dieu, quand le mariage est bien assorti, non comme fortune, mais comme pureté de sang, comme force, comme sympathie[1]. La loi chrétienne défend les mariages consanguins, combien cette loi est nécessaire. Ces mariages font développer tous les mauvais germes qui se seraient éteints avec un croisement; l'homme veille à croiser les animaux pour avoir de plus beaux élèves et il néglige sa progéniture. Les vieillards et les hommes mariés trop jeunes ne font encore que de la mauvaise besogne. La vaccine en atténuant la petite vérole a empoisonné nos provinces qui s'étaient conservées pures et vigoureuses, il ne faudrait se servir que de virus de vache.

Qu'on a raison en Angleterre de garder les garçons avec soin.

L'ÉGLISE CHRÉTIENNE.

L'Eglise chrétienne admirable dans son organisation comme dans ses dogmes a institué l'avent comme le printemps, ce temps correspond

---

[1] Deux êtres sains peuvent produire des êtres inférieurs par l'antipathie qui existe dans le couple, il arrive même qu'une femme parfaite de sang et de santé devient faible et languissante, et ne se guérit que par une nouvelle alliance. Le proverbe dit : Rien de mieux que les enfants de l'amour, il est exact.

avec la nature à un temps de multiplication des espèces et aussi à une époque de naissances, c'est en juin, juillet et en décembre qu'il y a le plus de naissances. Il y a dans ceci des causes toutes naturelles et faciles à s'expliquer en se rendant compte de l'électricité et des effets qu'elle produit suivant les climats sur toutes les créatures.

Ce qui prouve encore que ce temps de la venue du Christ a été prévu, c'est l'époque de sa naissance, ainsi que celle de sa mort avec la mission de Moïse. Les Juifs célèbrent la loi de Moïse ou leur pâque dans la pleine lune de mars. Cette coïncidence d'événements a encore une utilité, les paysans dans beaucoup de contrées ont conservé la connaissance du temps de l'année, en suivant les observations faites par leurs devanciers, le jour du Vendredi-Saint pendant la passion quand on lit l'Evangile, ils jugent à la manière dont sont placés les vents, du temps pour la saison des récoltes. En Bourgogne, c'est à la bénédiction des Rameaux.

A Boulogne-sur-Mer, un rocher couvert de moules est découvert le seul jour du Vendredi-Saint, le reste de l'année la mer le recouvre, et ces moules ne font mal à personne, tous peuvent les manger.

LA GENÈSE.

L'univers du firmament a été créé d'un seul coup, malgré ce qu'en a pu dire Fourier et d'autres avant lui, il n'y a pas de procréation parmi les planètes. Cet exemple le fera comprendre : remplissez un immense bocal d'œufs et bouchez-le; il n'en peut plus contenir, mais il y a assez de place entre l'atmosphère de chaque œuf pour donner passage aux comètes et à l'électricité qui sont d'une nature qui a la faculté de dilatation puisque ces astres changent de forme. Ainsi de l'Univers du firmament, il a été peuplé tout d'abord de tout ce qu'il pouvait contenir; vu que ces planètes se soutiennent que les unes par les autres, comme les œufs du bocal; encore cet équilibre a-t-il besoin du mouvement de rotation pour se soutenir. Ce mouvement, c'est la vie dans quelque nature ou incapacité que nous la cherchions. « Et ce souffle de Dieu sur la terre et sur les eaux » c'est l'électricité; d'elle naît le mouvement, la vie, qui ne peut provenir que de Dieu.

La Genèse dit : il n'y a pas eu de commencement, il n'y aura pas de fin.

Deux observations se présentent.

Il a fallu tant de siècles pour que les planètes, les soleils et les lunes fussent devenus ce que nous en voyons et arriver à cet état de perfection nécessaire à des êtres aussi parfaits et aussi délicats que l'homme, que cette parole toute absolue *fiat lux* n'est peut-être qu'une image pour exprimer le temps écoulé ; s'il faut 21 jours d'incubation pour faire naître un poulet dont la vie est au plus de 10 ans, 9 mois pour un homme qui vit 100 et quelques années, combien a-t-il fallu de temps pour que le granit, le marbre, qui sont les arrêtes du globe, aient atteint le degré de dureté que nous leur connaissons? « n'aura jamais de fin.» Quand on voit tout se renouveler dans la nature, ce chef-d'œuvre d'économie qui ne permet pas à la plus petite molécule de se perdre, qui accepte la destruction pour se renouveler sous une autre forme et maintenir l'équilibre de toutes choses, qui permet qu'un grain de blé enfermé depuis 2,000 ans dans un tombeau puisse germer et se multiplier; ces passages de foyer électrique qui viennent compléter l'électricité là où elle s'épuisait, ces comètes qui rétablissent l'équilibre des planètes entre elles, tout nous prouve une durée éternelle, parce que cette durée tire son principe de sa destruction apparente. Mais un principe de conservation en émane aussitôt. Et notre planète, en se balançant dans l'espace et entraînant les eaux alternativement du pôle Austral au pôle Boréal, et du pôle Boréal au pôle Austral, amène ses innondations périodiques appelées Déluge. Mais ces déluges ne peuvent être que partiels, vu que si la terre était susceptible d'être complètement entourée d'eau, elle ne serait plus en rapport avec son atmosphère et en sortirait pour tomber sur l'atmosphère d'autres planètes, ce qui amènerait une perturbation générale dans tout le système céleste, circonstance prévue par le divin Architecte. Si le premier déluge connu par les hommes les a détruits dit la Bible, nous ne pouvons le contester. Quand un autre déluge, arrivera, les hommes seront-ils meilleurs? Je ne le crois pas.

ARISTOTE.

L'étude de la nature a occupé si peu d'hommes parmi les anciens peuples que l'on peut regarder cette négligence comme une des causes qui a arrêté le développement moral des sociétés.

Ces magnifiques études sorties du cerveau d'Aristote où il a développé avec magnificence la place de l'homme au faîte de la création, comme le point de centre de tous les rayons qui s'y reportent, s'est trouvé une image trop grande, pour que les hommes qui avaient à peine l'idée de Dieu, pussent y attacher leurs regards; ils furent éblouis. Aussi ne cherchèrent-ils pas dans ce majestueux labyrinthe les éléments d'instructions qu'ils y pouvaient trouver, ces hommes orgueilleux qui se faisaient diviniser, occupés de leurs passions, trouvaient au-dessous d'eux de s'arrêter à regarder une plante, un insecte ou un petit oiseau; ils ne virent dans ces créatures que celles qui pouvaient convenir à leur estomac, à leur venir en aide ou à amuser le peuple dans les fêtes publiques.

Ce que j'admire dans Alexandre plus que ses victoires, ce sont ses efforts pour procurer à Aristote les animaux et les plantes qu'il pouvait lui envoyer. Aussi eut-il le privilège d'étudier les poissons, et ne découvrit point la multiplication des anguilles.

On compte par centaines les grands généraux.

On ne connaît, jusqu'à nous, de l'antiquité que Aristote et Pline; la science des Brahmes ne nous est pas connue.

Il est à remarquer que dans ses enseignements populaires, J.-C. se sert d'exemples tirés des champs, et quand il veut expliquer l'immortalité de l'âme, il dit : « Pour que le blé repousse, il faut qu'il pourrisse dans la terre. »

Combien d'hommes savants en politique, en droit, en commerce, en mécanique n'ont pas la moindre idée des choses les plus communes de la nature, se trouvent embarassés dans une forêt, ne savent pas s'y orienter, n'y connaissent pas l'heure, ni discerner la moindre plante; ces choses, que savent les pauvres bêtes.

Les prêtres égyptiens qui fixèrent l'année à 365 jours devaient être de grands naturalistes.

Une poule égarée dans les champs retrouve son poulailler.

L'âne reprend son chemin dans la forêt quand l'homme s'y égare.

L'abeille sa ruche.

Tous les oiseaux leur nid.

L'insecte son trou, où il a déposé sa ponte, si par sa nature il doit surveiller l'éclosion.

OBSERVATIONS SUR LES EAUX DOUCES ET THERMALES.

Les eaux chaudes sont le produit de l'évaporation du travail intérieur des mines; cette vapeur entraîne avec elle une poudre impalpable de fer ou de souffre, et des gaz, des acides, des sels. Cette vapeur arrive en abondance dans les excavations si fréquentes entre les couches qui composent les rochers intérieurs; là, elle s'y concentre et s'y forme en pluie et en source, et s'échappe par les conduits qui la ramène à la surface de la terre.

La vapeur concentre une plus forte chaleur que l'eau chauffée par un foyer, et cependant elle ne brûle pas les mains, ni la gorge en la buvant. Si vous trempez un corps mort dans cette eau elle le dépouille. On doit attribuer ce phénomène à l'absence de l'électricité dans cette chair morte.

Les sources d'eaux douces sont le résultat des eaux pluviales et des neiges qui filtrent au travers des terres et des pierres spongieuses, y forment des nappes, et trouvant leur écoulement par une issue favorable, s'épanchent en ruisseau sur la terre. Ces eaux, en passant par des mines, n'entraînent aucun minerai avec elles; il est toujours trop lourd, il reste en son lit comme le sable.

DU COLIMAÇON.

On croit généralement que le Colimaçon porte ses yeux au bout de ses cornes. Les yeux du Colimaçon sont comme ceux de tous les êtres, adhérents à la tête; placés au bout de leurs cornes l'animal n'y verrait pas mieux. Ces cornes sont des télescopes qu'il a la faculté d'allonger à volonté, selon son besoin, comme nous faisons d'une lorgnette que nous allongeons ou raccourcissons selon notre désir. La complication des parties qui composent l'œil ne permet pas d'agir autrement; il était plus simple de se servir d'un tuyau qui sert de chambre noire à l'objectif, c'est ce que le Créateur a fait.

DE L'AME, DE LA NATURE ET DE L'ÉLECTRICITÉ.

L'Electricité n'est pas plus l'âme que la nature est Dieu; nous appelons Nature les ouvrages du Créateur. Pour définir par un substantif toutes ces choses auxquelles les hommes ne peuvent rien, la Nature est relativement à Dieu ce qu'est la lune relativement à notre planète; nous en ressentons les effets, nous ne nous les expliquons pas.

Le fœtus remue au sein de la mère, qui ne s'en aperçoit que quand il est assez fort pour qu'elle ressente ses mouvements. L'Electricité n'en était pas moins dans le germe, elle s'est développée avec son enveloppe. Pour ce qui est de l'Ame, existe-t-elle avant ou après la naissance du sujet? c'est ce qui ne nous est pas encore révélé.

FIN.

TABLE DES MATIÈRES

CONTENUES DANS CE VOLUME.

5,971 — Abbeville, Imp. R. Housse, rue Saint-Gilles, 106.

www.ingramcontent.com/pod-product-compliance
Lightning Source LLC
Chambersburg PA
CBHW060809250626
47162CB00005B/1716